JN220672

[著]江本マシメサ
[illust.]ラパン
借り暮らしのご令嬢
Lady of temporary living

エリック・バルザック
バルザック家の長男で、執事。
必要以外は話さない、控えめな性格。
特技は作り笑顔。
ジジル・バルザック
ベルナールの元乳母で、
現在は屋敷の使用人頭。
夫のドミニクは庭師。
ベルナール・オルレリアン
オルレリアン家の5男。
騎士団特殊強襲第三部隊・副隊長の騎士。
真面目な苦労人。

キャロルとセリア
バルザック家の双子(次女&三女)。
流行に敏感でかわいいもの好きの、
イマドキ女子。
アレン・バルザック
バルザック家の次男。
屋敷の調理人。
明るい女好き(?)だが、
料理へのこだわりは大。
アニエス・レーヴェルジュ
元伯爵令嬢&元社交界No.1の美女。
現在、ベルナールの屋敷で借り暮らし中。

「ドラジェか。
どういう意味なんだ？」
「……あなたの、
幸せの種が芽吹きますように」

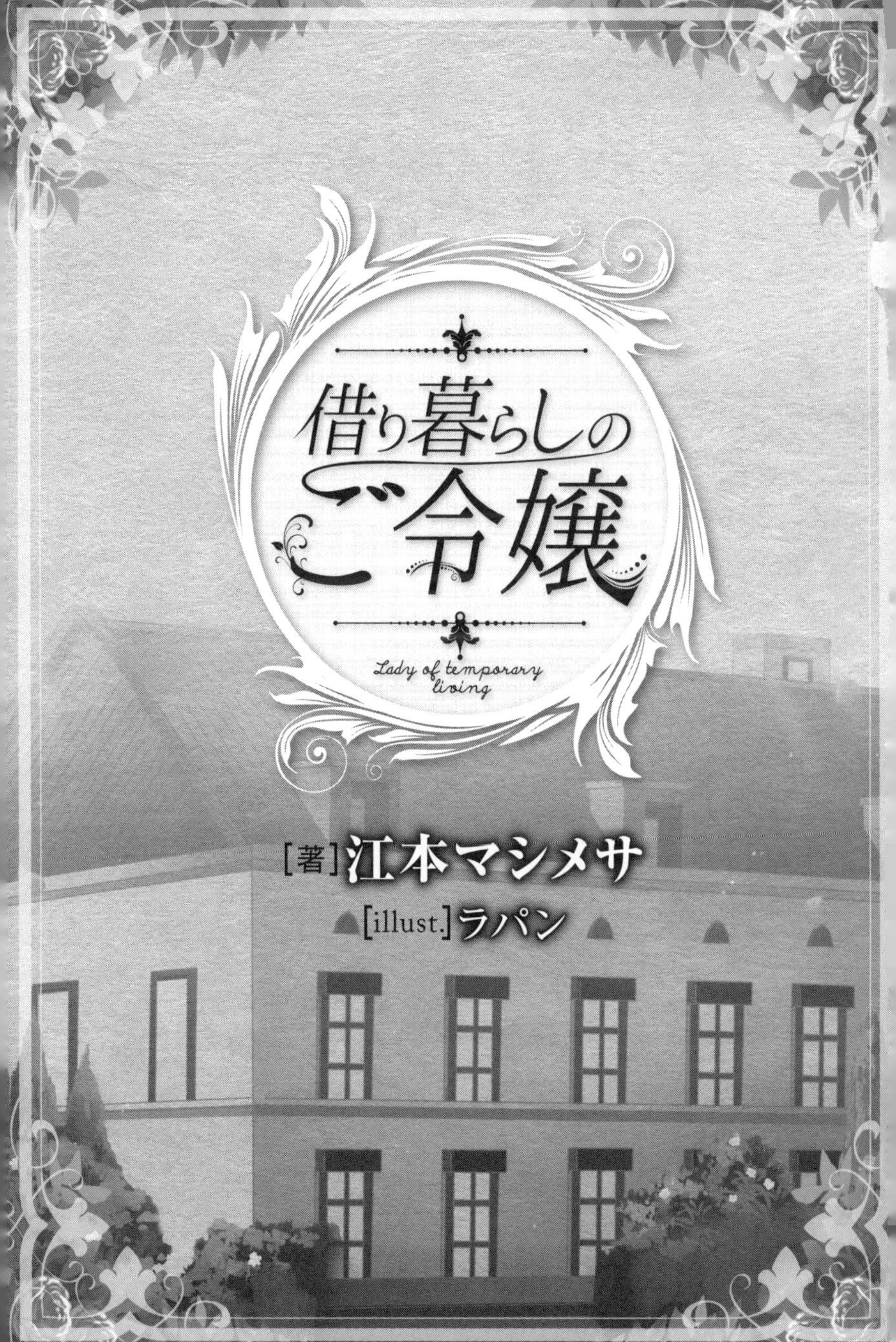

借り暮らしのご令嬢
Lady of temporary living
[著]江本マシメサ
[illust.]ラパン

Contents

第一話

屈辱的な出会い

À bon chat,
bon rat.

相手もなかなか
手ごわい

子爵家五男、ベルナール・オルレリアンと、伯爵家令嬢、アニエス・レーヴェルジュの出会いは五年前まで遡る。

奇しくも、それはアニエスの社交界デビューの当日。

アニエスは輝く金色の髪を持ち、『高貴な青』と呼ばれる瞳は美しく、抜けるような白磁の肌は見る者をうっとりと魅了させる。

そう、彼女は、『麗しの薔薇』と囁かれる絶世の美少女であった。

容姿だけでも注目を集めていたが、アニエスは古い歴史のある大貴族、レーヴェルジュ家の一人娘でもある。将来爵位を持たない次男以下の男達は喉から手が出るほどに、伴侶として望ましい女性でもあった。

多くの友人や知人に囲まれたアニエスは、宝箱の中に納められた煌めく宝石のよう。

社交界デビューを祝福され、彼女は幸せの絶頂にあったのだ。

そんな伯爵令嬢を、感情のない目で見つめる男がいた。

ベルナール・オルレリアン。アニエスより一つ年上の十六歳。

彼はオルレリアン子爵家の五男で、伴侶を探すために宮廷舞踏会（きゅうていぶとうかい）に参加をしている。

初対面の女性に名乗れば、くすくすと笑われることがあった。それは、都会では珍しいベルナールという名前が原因といえる。

父は子に「名は体（たい）を表す」と言って、意味のある名前を授（さず）けた。

長男から輝かしい名声（ロベール）、次男、勝利する者（ヴィクトール）、三男、強い戦士（マティルド）、四男、名高い戦士（ルイ）。

だが、五人目の子も男で、ネタ切れを起こした彼の父が授けた名は『ベルナール』。

意味は熊のように強い男。略して熊男だ。そんなおかしみのある名を子どもに付ける親などいない。おかげで、初対面の人に笑われることも少なくなかった。

そんなベルナールは茶色い髪に、茶色い目、毛先に癖（くせ）のある髪の毛だったので、子どもの頃はぬいぐるみのように愛らしかった。母親は「子熊ちゃん」と呼んでたいそう可愛がっていたが、大きくなればそれも鬱陶（うっとう）しくなり、騎士団に入った年に一つに結んでいた長い髪の毛は短く刈った。現在、彼が癖毛持ちだったと知る者は家族以外いない。

熊のようにがっしりとした体型には育たなかったものの、背はぐんぐんと伸びた。

去年、無事に一人前だと認められ、騎士団でそこそこ活躍をしている。

従騎士から騎士となったベルナールに、昨年より宮廷舞踏会の招待状が届くようになった。

冬になれば、都は社交期となる。春にかけて、各地方から貴族たちがこぞって集まるのだ。

その中で開催される宮廷舞踏会は、大規模な社交の場。

そこでは独身貴族が伴侶探しをする。

けれど、年若い彼にとって結婚はまだまだ現実的な話ではなかった。

騎士の給料はささやかなもので、五男の彼には大きな財産分与もない。

唯一の財産が、街の郊外にある白亜の屋敷のみとあっては、嫁いでくれる女性もいないだろうと二年目は諦めの姿勢でいたのだ。

ベルナールの生家であるオルレリアン家は、王都より離れた田舎街を領している。

王都にある屋敷は、元々社交期だけ暮らす街屋敷だった。それを正式な騎士となった昨年に、父親より一人前の証として譲り受けたのだ。

そこで暮らすのは、ベルナールを育てた乳母一家。

屋敷を取り仕切る元乳母ジジル・バルザックに、庭の手入れをする夫ドミニク、執事をする長男のエリックに、厨房を預かる次男アレン、侍女をする双子の次女キャロルと三女セリア。ちなみに、長女アンナは二ヶ月前に嫁に行った。

ベルナールは彼らを従え、共に生活をしている。

元乳母であるジジルは、素敵なお嫁さんを選んでくれと、期待の眼差しと共にベルナールを宮廷舞踏会に見送った。だが、当の本人はまったくやる気がない。

去年はそれなりに頑張った。父親の知り合いや、声をかけやすそうな令嬢と踊ったりした。

だが、付添人からベルナールの生活環境や境遇を聞けば、夜会後の付き合いはぱったりと終わってしまう。それを数回繰り返せば、それほど女性に慣れていないベルナールも気付く。

結婚に大切なものは、財産なのだと。

そんなわけで、美少女アニエスを目にしても、ベルナールは冷静でいた。

同僚、ジブリル・ノアイユは声をかけに行こうと誘うが、彼の年収や財産もベルナールとそう変わらない。無駄なことだと言ったが、彼は聞く耳を持っていなかった。

ジブリルに無理矢理引きずられながら、アニエスの取り巻きの中に入って行った。

長い時間待ち続け、ようやく声をかける機会が巡ってくる。だが待っていたのは、思いがけないことだった。

ジブリルとベルナールの情報を握っていたらしい付添人が、アニエスに耳打ちをする。

話を聞いた彼女はベルナールに視線を向け、眉を顰めつつ不愉快そうに目を細めたのだ。


それは、人を蔑むような目だった。


目と目が合った刹那、カッと全身が熱くなるのを感じる。

当然ながら、それは、照れや羞恥からくるものではない。別の感情だった。


——どうして初対面の相手に、あのような目で見られなければならないのか⁉


彼は十一歳の頃より親元を離れ、一人、王都で騎士になるために身を立ててきた。

自分の人生にも、生まれにも、恥ずべきことは何もない。

騎士である自らにも誇りを持っている。

なので、あのような目で見られたことに、燃えるような怒りを隠しきれない。

ベルナールはそのまま回れ右をして、宮廷舞踏会の会場を飛び出して、そのまままっすぐ家に帰り、風呂も入らずに自室に籠もる。

炎のように滾った怒りは、なかなか治まらなかった。

翌年も社交期を迎える頃になると、アニエスの噂は度々耳に入るようになる。

彼女の父親は宰相で、結婚相手を慎重に吟味しているという話も同僚から聞いた。

「やっぱ、将来性のある文官から婿を選ぶのか……。なあ、ベルナール、どう思う?」

「知るかよ」

アニエス・レーヴェルジュ——世界で一番幸せなお姫様。

ベルナールには、一生縁がない相手だと思った。

怒りの感情は一年も経てば忘れてしまった。我ながら熊のように単純で良かったと安堵している。

だが、妙なところで彼女と再会を果たしてしまう。

それはベルナールが王宮庭園の巡回任務に就いている時だった。

第二王子が大勢の女性を呼び、大々的なお茶会を開くことになった。念のためにと、警護をする騎士は多めに配置される。普段は、王宮内の警護をしているベルナールも駆り出されていたのだ。

お茶会といっても一つの机で会話を楽しむものではなく、園遊会のような大規模な催しで、ベルナールは迷路のようになっている薔薇園を巡回していた。すると、男の甘い声が聞こえてくる。

「アニエス〜、ふふふ、なんてお転婆な子なんだ〜」

恋人同士仲良く追いかけっこでもしているのかと、ベルナールは舌打ちをする。

なるべく鉢合わせしないように、声から遠ざかろうとした。

ところが、角を曲がった時、ふわふわと、甘くて柔らかい砂糖菓子のような少女が、ベルナールの胸元に飛び込んで来たのだ。

「きゃあ！」

咄嗟に、地面に転がっていきそうだったその身を抱き止める。

微かにその少女の肩が震えているのに気付き、慌てて離れた。

そして、向かい合う形となった少女を見て、ぎょっとする。

絹のように輝く金色の髪に、宝石のように澄んだ青い目、抜けるような白い肌——アニエス・レーヴェルジュ。

あれから一年が経ち、あどけなさの中にひっそりと色香を漂わせるアニエスが、濡れた瞳でベルナールを見上げていた。短い期間でこれほど変わるものだと、ついまじまじと眺めてしまう。

それと同時に、異変にも気付いた。肩で息をしている。

飛び出してきた勢いといい、荒くなっている息遣いといい、今まで走っていたのだろう。

追いかけっこをしていた男女の片割れなのか。

人気のない薔薇園で、しようもないことをしているものだと、深い溜息を吐いてしまう。

そんな中で、ベルナールをじっと見ていたアニエスの目が、突然すっと細められる。

それは一年前に見たものと同じ、蔑みの目。

またしても馬鹿にされたものだと思ったベルナールは、怒りの感情を蘇らせてしまった。

文句を言おうと一歩前に踏み出せば、カチャリと腰に佩いた剣が音を鳴らす。

そこで、彼は気付く。

今は勤務中で、私情を持ち出していい時間ではないということを。苛立ちはぐっと抑える。

――いや、彼女は悪くない。悪いのは、取り巻く環境。

そう、自らに言い聞かせ、その場から離れようとした。しかしながら、予想外の展開となる。

「アニエ～ス、どこにいるのかな～、可愛い子猫ちゃん～♪」

その声が聞こえたのと同時に、背後にいたアニエスはベルナールの上着を握り締め、懇願（こんがん）した。

「――騎士様、お願いします、わ、わたくしを、お助けいただけないでしょうか？」

まさかの願いに、ベルナールは目を丸くした。

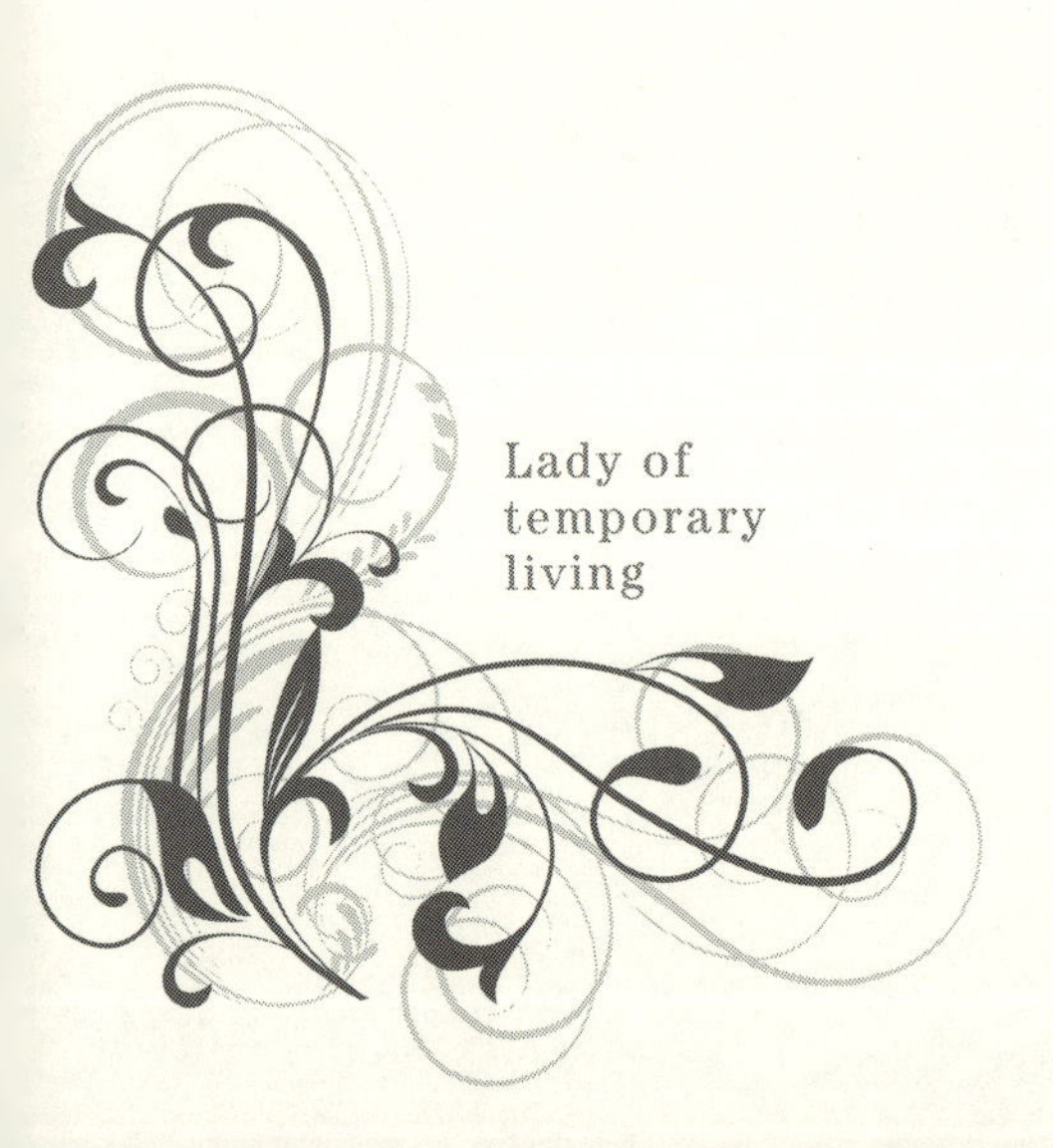

第二話

転落人生、我関せず

Aide-toi,
le ciel t'aidera.

天は自ら
助くる者を助く

このまま何事もなかったように去って行きたかった。

相手は気に食わないアニエス・レーヴェルジュである。

なのに、彼女は「騎士様」と呼び、ベルナールに助けを求めた。

――『弱き者を助け、礼儀を重んじ、悪を打ちのめす』

騎士道精神が体に染みついているベルナールは、助けを求める声を無視することができなかった。

聞けば、アニエスはとある貴族の男に迫られ、困っている最中(さなか)だと言う。

だんだんと近づく男の声。アニエスは怯(おび)え切った表情で、ベルナールに再び助けを求めた。

「子猫ちゃん～、こっちかな？」

アニエスが息を呑むのと同時に、ベルナールは彼女の細い手を取って走り始める。

何度も警護で巡回していた薔薇庭園は、勝手知ったる場所だった。

迷路のように入り組んだ先に、隠れ家のような東屋(あずまや)がある。そこまで逃げれば安全だと思った。

だが、想定外の事態に見舞われる。

ドレスを纏(まと)い、踵(かかと)の高い靴を履く女性は速く走れないのだ。

みるみるうちに男との距離は縮まり、前方に回り込まれてしまった。

曲がり角で男と鉢合わせして、ベルナールは口から心臓が飛び出そうになる。

「私の子猫ちゃん――ではない!!」

甘い笑みを向けていた男が一瞬で真顔になり、嫌悪感を示す。

そして、すぐにベルナールの後ろにいたアニエスの姿を発見する。

「子猫ちゃん、こんなところにいたんだね」

ベルナールの肩を手で避けてアニエスに微笑みかけたが、当のアニエスは涙を浮かべて俯く。

「そろそろ広場に戻ろう。お菓子の焼き上がる時間だ」

男が手を伸ばすが、アニエスはベルナールを盾にするように背後に隠れた。

これほどわかりやすく拒絶をしているのに、どうして強引に迫れるのかと、信じられないような気分になる。埒が明かないので、間に割って入った。

「おい、嫌がっているのがわからないのか?」

「君には関係ないだろう?　それに、彼女は恥ずかしがっているだけだよ」

その言葉が発せられた瞬間、ベルナールの上着をアニエスがぎゅっと握ったことに気付いた。

明らかに、嫌がっている状況である。

ベルナールは、この呆れた男に見覚えがあった。

エルネスト・バルテレモン。侯爵家の次男で、お茶会を主催した王子の親衛隊員でもある。

「任務を放り出して、女の尻を追いかけていいのかよ」

「なんだと?」

ベルナールの暴言に、今まで良くもなかった場の雰囲気が、さらに悪くなる。

ムッとしたエルネストは、声を荒げながら要求を口にした。

「――と、とにかく、子猫ちゃんを解放したまえ！」

つかつかと大股で近づくエルネストに、ベルナールは足を出した。

不意打ちの足かけは、見事に成功。ごろんと、その場に無残な形で転倒していた。

その隙にベルナールはアニエスを荷物のように持ち上げ、その場から全力疾走した。

エルネストが怒号を上げながらあとを追って来ているのがわかったが、迷路のようにくねくねと入りくんだ庭園の中では、追いつくことはできなかった。

会場から離れた東屋へ到着し、アニエスを降ろす。

「……まだ戻らない方がいいだろう」

「え、ええ」

アニエスはいまだ落ち着きを取り戻していないからか、胸の前に手を置いて目を潤ませている。

東屋の裏手には庭師の小屋があった。帰り道はそこにいる老夫婦を頼るように伝える。

任務中なのでこれ以上ここに止まるわけにはいかない旨を話し、その場から去ろうとする。

「――あの！」

呼び止められて振り返ると、アニエスが目を細め、険しい顔でベルナールを見ていた。

またその目かと、苛立ちが募る。

だが、騎士の制服に袖を通している間は、私情を挟んではならない。

再び、困ったことがあれば庭師の老夫婦を頼るように言い、その場を早足で離れることにした。

これがアニエス・レーヴェルジュとの二度目の出会いだった。

三度目は、また一年後の話となる。

ベルナールは昇格を目指すため宮廷舞踏会には参加せずに、会場警備の任に就いていた。

同僚のジブリルはまたとない機会を逃しているあほだと、呆れ返っている。

「ベルナール、お前、結婚願望はないわけ？」

「さあな」

興味がないわけではない。だが、結婚するとしたら、貴族の娘はあり得ないと思っていた。満足に養える財がないのが一番の理由である。

よって、宮廷舞踏会への参加は意味がないものとなる。

ベルナールの任された場所は、夜の庭園だった。

誰も任に就きたがらないそこは、気分が盛り上がった男女を会場に戻すだけの簡単なお仕事である。ベルナールは感情を殺し、逢引きをしている者達の行く手を阻(はば)み続けた。

その場で、まさかの再会をする。

がさがさと草木をかきわける音がしたので、茂みに行けば、見知った顔と鉢合わせる。それは、麗しの伯爵令嬢アニエス・レーヴェルジュだったのだ。

至近距離での遭遇だったので、薄暗い中でも互いに相手が誰だかすぐに気付いた。

驚いた顔をしているアニエス。付添人は見当たらないので、ここでひそかに誰かと待ち合わせをしていたのだろうとベルナールは思った。

「あ、あなたはもしや――」

「ここは立ち入り禁止地域だ。会場に戻れ」

「あ、あの！」

「駄目だ。どんな言い訳も聞けない」

結婚前の女性が、付添人も連れずに伴侶や婚約者以外の男と会うなどあってはならないことだ。

呆れながら、アニエスを会場へと追いやる。

背後より慌てて何か取り繕（つくろ）うような声が聞こえていたが、ベルナールは無視してその場から去って行った。


翌年はアニエスに会わなかった。けれど、ジブリルより彼女の噂話を聞かされていたので、お腹がいっぱいになっていた。

第二王子に見初（みそ）められたとか公爵家の長男に嫁入りするとか、話題はどれも華やかなものばかり。

結婚適齢期になっても、まだ結婚相手を選（え）り好みしているのかと、ベルナールは呆気（あっけ）に取られながらも話に耳を傾けていた。

「つーか、レーヴェルジュ家のお嬢様もそろそろ結婚しないとヤバイだろうが」

「そうなんだよねえ～」

この国の貴族令嬢の結婚適齢期は、十五歳から十八歳まで。

アニエスは十八歳なので、今年は絶対誰かと結婚をするだろうと、誰もが噂をしていた。

しかしながら、それから数ヶ月経っても、彼女の結婚話は浮上してこなかった。

一方で、二十歳になったベルナールは、日頃の勤務態度や成果が認められ、小隊の副隊長を任されるようになっていた。

給金も大きく上がったので、屋敷の使用人達に賞与金でも与えようかと考えていたその最中、召集がかかる。時刻は深夜。夜勤中の話であった。

急な呼び出しだったので何かと思えば、とある貴族への強制執行の手伝いを、という話だった。

一体何が起こったのかと、上司、ラザール・セリエに聞いてみれば、驚くべき事実が語られる。

――宰相シェラード・レーヴェルジュが、長年にわたり虚偽（きょぎ）の政治資金収支報告書を提出。ありもしない経費を支出していたことが判明した、と。

アニエスの父、シェラードは辞任に追い込まれ、歴史ある大貴族、レーヴェルジュ家は没落（ぼつらく）。

今から、屋敷のあらゆる物を差し押さえに行くという。

現場に向かったのは指示を出す執行官と、十人の騎士だった。屋敷は無人で、滞（とどこお）りなく作業は進んで行く。三時間ほどで撤収となった。

明け方、撤収の合間に地平線が明るくなってきた様子を眺めながら、ラザールが話しかけてくる。

「残念だったな。ここの娘さんも」

さっさと結婚をしていなかったばかりに、もらい手がつかなくなってしまった。そんなことを切なそうに呟く。


それから一ヶ月が経った。

宰相の不祥事と、レーヴェルジュ家の没落という大事件は、いまだ人々の噂の種だった。

食堂で会ったジブリルが、ベルナールに話題を提供してくれる。

「いやあ、凄い事件だったな」

「もうその話はしなくてもいい。聞き飽きた」

そう言っても、勝手に語り始める。話の中心はアニエスについてだった。

「なんでも、身寄りがなくて宿屋で借り暮らしをしているらしい」

毎日、牢(ろう)に入れられている父親の元に通い、差し入れを持って行っているという、内部事情をペラペラと話していた。

驚きの口の軽さだと、ベルナールはスープに千切ったパンを浸(ひた)しながら思う。

「酷いよなあ、あんなに周囲に人がいたのに、誰も助けないって」

それも仕方がない話だった。不祥事で没落してしまった家の者と、個人的な付き合いをしたいとは誰も思わないだろう。

「アニエスさん、どうするんだろう」

「お前が嫁にもらってやればいいじゃないか」

「それはちょっと……」

あんなにアニエスに夢中になっていたジブリルでさえも、すっかり熱が冷めている様子だった。

世知辛(せちがら)い世の中だと思いながら、スープを飲み干した。

第三話

突然の再会

Tirer les marrons du feu.

火中の栗を拾う

二度とアニエス・レーヴェルジュが、ベルナールの人生に関わることはない――そう思っていたのに、ある日突然再会することになる。

それは、運命的な出会いと言っても良かった。

その日、仕事を終えたベルナールは、更衣室で騎士の装い（よそおい）から私服へ着替えていた。

皺（しわ）一つないシャツに、タイを巻き、最新の形ではないが、きちんと手入れされた胴着（ベスト）に上着（ジャケット）、脚衣（ズボン）を纏う。最後に外套（コート）を着込んだ。

ベルナールは両親から言われた、「王都では服装に気を付けろ」という言葉を、今でも律儀（りちぎ）に守っていた。私服での通勤は両親の言いつけ以外にも、理由がある。

騎士の中ではお仕着せで通勤する者も多かったし、許されてもいた。だがしかし、勤務時間以外で面倒事に巻き込まれたら大変なことになると考えていた。

慣れない場所で心の準備もないまま、騒ぎに首を突っ込めば、ことを大きくする要因にもなりかねない。そんな思いから、私服で通勤をするようにしていたのだ。

着替えを終え、隊舎の廊下を歩いていると、上司、ラザールと行き合う。

「ああ、オルレリアンか」

「お疲れさまです」

「なんだ、今からデートか？」

「いえ、違います」

部隊に異動してきたばかりのベルナールのこだわりを知らないラザールは、騎士にしては身綺麗な格好をしているのを見て、女性と出かけるものと勘違いをしたようだ。即座に否定する。

三十五歳のラザールは貴族の次男で、子のいる既婚者だ。悠々自適（ゆうゆうじてき）な実家暮らしをしていると言っていた。

「たまには息抜きもして来いよ。って、どうでもいい話だったな」

「そんなことないですよ」

職場での人間関係も大切だとベルナールは、ついでに誘われていた週末にある隊の飲み会も喜んで参加する旨を伝えた。

「わかった。幹事に伝えておこう。では、また明日」

「はい。お先に失礼します」

ベルナールは上司が去っていくのを待って、再び家路に就こうとする。

騎士の証である懐中時計を片手に持ち、守衛所を通過しようとしたが、その時――。

「お願いします！　どうか、一日だけでも」

「駄目だ、駄目だ！　家族以外の面会は禁じられている！」

何やら守衛騎士と、女性が揉めていた。だが、それはベルナールにとって、些細なことであった。たまにこういうことは起きる。見目の良い騎士に一目ぼれをした女性などが会いに来るのだ。

当然ながら、勤務時間に個人的な面会など許されていない。

気の毒なことだと思いながら、通行証を示しつつ、女性と騎士の横を素早く通過する。しかしながら、ここで想定外の事態となった。

「ああ、オルレリアン卿!!」

何故か女性を追い払おうとしていた騎士が、ベルナールを引き止める。

「すみません、彼女が、貴公に会いたいと言っていて――」

「は？」

女性が面会を熱望していたのはベルナールだった。

一体、どこの物好きかと思い、騎士の背後にいる女性を覗き見る。

茶色い頭巾を被り、着古したようなくたびれたワンピースを纏っていた。その上に、北風が肌に突き刺さるような寒さの中、肩を覆うだけの薄い外套を着ているだけだった。

手には籠を持っている。布が被さっていたが、酒が入っているのがわかった。

ぱっと見れば、田舎の村娘といった装いであったが、顔を見てぎょっとする。

輝く金の髪を持ち、『高貴な青』と呼ばれていた青い目に、白磁のような白い肌。


――麗しの薔薇、アニエス・レーヴェルジュ。

ありえない姿を前に、ベルナールは呆然とする。

「あ、あの、勤務時間外のようですので、あとは……」

そう言って守衛所の騎士は持ち場に戻って行った。

一体何をしに来たのかと首を捻り、あることに思い至る。

ベルナールは彼女の家の差し押さえに行った。なので、恨まれているのではないか、と。

ちらりとアニエスを見れば、ベルナールを凄まじい形相で睨んでいた。

やはり、文句を言いにここまで来たのだと確信をする。

しかしながら、彼は混乱の中にあった。

不遜な態度のアニエスに怒っていいのか、気の毒な境遇を憐れむべきなのか。

彼女の今の境遇や姿も含め、以前とあまりにも落差がありすぎた。

睨むのを止めたアニエスが、消え入りそうな声で話しかけてくる。

「あ、あの、べ、ベルナール・オルレリアン様、でしょうか？」

人違いだと言いたい。

だがしかし、他人に嘘を吐くことを良しとしないベルナールは、そうだと答えた。

それを聞いたアニエスは、どうしてか「良かった……」と消え入りそうな声で呟いている。

何が良かったのかと、眉をひそめていると、彼女は思いがけない言葉を口にした。

「このような格好で訪れたことを、どうかお許しください」

それは仕方のない話だとベルナールは思う。屋敷内の高価な品物はすべて差し押さえになった。

アニエスのドレスの数々も、その中の一つだったのだ。

再び、すっと目を細めるアニエス。それを見たベルナールは、苛立ちを覚える。

一体なんの用事なのか。舌打ちをしようになるのを我慢する。

「わ、わたくし、その、頼る人も、行くあてもなくて……」

ぶるぶると肩が震えているのがわかった。

やはり、恨みをぶつけにきたのかと、大きな溜息を吐いてしまう。

さっさと文句でもなんでもぶつければいいと思った。だが、アニエスは言葉に詰まったのか、俯いてしまった。

沈黙が場を支配する。

ベルナールは黙って帰ろうと思ったが、同時にある名案が浮かぶ。

それは、今まで散々な態度だったアニエスへの、ささやかな仕返しでもあった。

今日はとても寒い。なので、さっさと決着をつけようと思った。

「おい」

声をかけられたアニエスはびくりと肩を揺らし、俯いていた顔をぱっと上げる。

その縋るような表情に一瞬だけ良心が痛んだが、そのまま言葉を続けてしまった。

「――行くあてがないのなら、俺の家で使用人として雇ってやる。衣食住は苦労させない」

「!?」

ベルナールの名案とは、生粋の令嬢であるアニエスに下働きをさせることだった。

我ながら底意地悪いことだと思う。だがしかし、長年の鬱憤がここで爆発をしてしまった。

貧乏貴族に情けをかけられるなんて、さぞかし屈辱だろう。ざまあみろと、哀れな境遇の女性を見下ろす。

一方で、ベルナールの言葉に、ポカンとした表情を浮かべるアニエス。

いつでも毅然としていて気高い彼女が絶対に他人に見せないであろう、気の抜けた顔であった。

それを見られただけでも、仕返しは成功だと思った。

ベルナールはさらにアニエスを追い詰める。

「今、ここで決めろ。あとからやって来ても、雇わないからな」

どさりと、手にしていた籠を落とすアニエス。中からは、パンや焼き菓子、酒などが出てきた。

どれも下町で売っているような安っぽい品物ばかりで、ベルナールは意外に思う。

彼女は落とした籠を気にも留めずに、ただただ呆然とベルナールの顔を見上げるばかりだった。

眉尻を下げて、目が潤んでいるアニエスを見続けるのがだんだんと辛くなってくる。

ベルナールは、悪役にはなれなかった。

この先、今日のことを引きずるのは嫌だと思い謝罪を口にしようとしたが――

「あの、やっぱ」

「ほ、本当でしょうか？」

「は？」

「その、雇っていただけるお話というのは」

一体なんの話をしているのか、ベルナールの理解が追いついていかない。

「わたくし、このあと、母の形見を質屋に持って行こうとしていました」

「形見……？」

「はい。恥ずかしいお話なのですが、つい先ほど、お金が底をついてしまって」

アニエスはベルナールが考えていた以上に、追い詰められていた状況だった。

母親の形見を手放したくなかったので、嬉しいと安堵したように微笑む。

ますます、ベルナールは混乱をする。

「そ、そもそも、ここには、何をしに来た？」

「あ！」

その時になって、地面に落とした籠と散らばった中身に気付き、慌ててしゃがみ込んで拾い出す。

「ごめんなさい。今日は、オルレリアン様に、お礼をと思って」

「はあ？」

ベルナールの反応を見て、アニエスはぎゅっと籠を胸の中に抱き締める。

「お礼と言っても、パンとお菓子とお酒しか買えなくって……」

彼女は残り少ないお金を、ベルナールへのお礼を買うために使ったのだ。

続けて、「これが精一杯でした」と申しわけなさそうに呟く。

一体なんのお礼かという疑問が浮かんできたが、次なる衝撃の一言にかき消されてしまった。

「――このご恩は、一生懸命働いて、かならずお返しいたします」

そう言い切れば、突然ぽろぽろと涙を流すアニエス。

想像もしていなかった展開を前に脳が追いつかないベルナールは、目を見開いたまま彼女を見下ろすばかりだった。


――どうしてこうなった⁉

そんな風に考えながら。

第四話

残念な子熊ちゃん

Qui donne aux pauvres prête à Dieu.

貧者に与える者は神に貸す

アニエスは目元を覆い、泣き続けている。

ベルナールは周囲からの視線に気付く。チラチラと、好奇の目が向けられていた。

迷ったのは一瞬だった。

ベルナールはアニエスが手にしていた籠を取り上げ、手首を掴んでその場から離れる。

手を引きながら、つかつかと歩いて行った。幸い、動きにくいドレスや踵の高い靴も履いていないので、歩みについて行ける。人目を避けるように、この場を去った。

ベルナールは辻馬車で通勤している。王都の郊外にある屋敷へは、隣街行きの馬車に乗って帰るのだ。

だが、このまま馬車に乗せるわけにはいかないと気付き、歩きながら話しかける。

「おい、荷物は？」

「や、宿屋に」

「どこの？」

「『野山の山羊亭』、です」

宿屋の名前を聞いたベルナールは歩みを止め、驚いた顔で振り返る。

『野山の山羊亭』。それは下町にある王都で一番ボロと言われている安宿だった。

「な、なんで、そんなとこに⁉」

「知り合いに、ご紹介いただいて……」

てっきり中央区の、そこそこ綺麗な宿屋に泊まっていると思い込んでいた。

涙は止まっていたが真っ赤になった目で、アニエスはこれまでの暮らしを話した。

「……まだ、お皿洗いも部屋のお掃除も慣れていなくて、失敗したりしていましたが」

家を追い出されてからは、宿で皿洗いや掃除などをして日銭を稼ぎつつ、暮らしていたらしい。

かなり切り詰めた生活をしていたことを知る。

——あの煌（きら）びやかな社交界にいたアニエス・レーヴェルジュが、皿洗い？　部屋掃除だって？


数分前、自らも同じようなことをしろと命じたにもかかわらず、彼女が実際に下働きをしていたという事実に驚愕してしまう。

「オルレリアン様？」

アニエスに呼ばれ、ハッと我に返るベルナール。

ちょっと離れていたので、とりあえず馬車で下町まで行くことになった。

世話になったらしい宿屋で挨拶を済ませ、大きな旅行鞄と小さな鞄を持って出てくるアニエス。

引きずるように持っていた大きい方の鞄をベルナールは奪い取るように手に取った。

「あの、わたくし、自分で持てま……」

「お前がこれを持って、ちまちま歩くのを待っていたら、家に帰るのが夜中になってしまう」

「あ、えっと、はい……」

おろおろとしていたアニエスであったが、ずんずんと前を進むベルナールに近づき、「ありがとうございます」と律儀に頭を下げながら感謝の気持ちを表す。

隣街行きの辻馬車に乗ってすぐに、ベルナールの屋敷近くに到着する。

二人分の乗車賃を払って降りた。

小さな鞄の中から財布を取り出そうとしていたアニエスの行動を制す。小銭はまだ残っているようだが、それを受け取るわけにはいかない。

「あの、お屋敷は、こちらに？」

「そうだ」

馬車が停まったのは森の真ん中。

この辺りは大規模な養蜂園があり、労働者が乗り降りをするのだ。

先ほども自分達と入れ替わりに、仕事終わりの男達が馬車に乗り込んでいた。

アニエスは周囲の深く生い茂った木々を、不思議そうに見渡している。

そんな様子を気にも留めず、ベルナールは荷物を持って一人でどんどんと歩いて行った。

馬車の停留所から歩くこと十五分。開けた場所に辿り着く。森の奥にあったのは、白亜のお屋敷。

屋根は青く、おとぎ話に出てくるような外観で、庭にはささやかな薔薇園がある。

門を通り抜けたアニエスは、ほうと溜息を吐く。

「――まあ、とても可愛らしい」

「そりゃお前の家よりは可愛いらしい規模だろうよ」

女性の言う「可愛い」を理解できないベルナールは、アニエスの屋敷への感想を嫌味として受け止めた。玄関に近づいたあたりで、使用人の名を叫ぶ。

「ジジル、おい、ジジル!!」

返事をしつつ屋敷から出て来たのは、細身でスタイルの良い金髪碧眼(へきがん)の美しい中年女性であった。

彼女の名前はジジル・バルザック。

ベルナールの元乳母で、現在は屋敷で使用人として働く女性だ。

「旦那様、そのお荷物は……？」

さっそく、ベルナールの大きな荷物に気付き、それから三歩後ろにいた女性の姿に気付いた。

照れたような顔で佇(たたず)むアニエスを見て、喜びを爆発させる。

「――き、奇跡が起きたわ！」

ジジルは嬉しそうにベルナールから荷物を受け取ると、「エリック」と、息子の名を呼んだ。

あとから出て来た二十代後半の黒髪の男性、ジジルの長男は母親似の麗しい容姿をしている。

「旦那様、おかえりなさいませ」

正装で現れたジジルの息子は執事をしている。名前はエリック。

事務的(ビジネスライク)な笑顔を浮かべ、アニエスの荷物を屋敷の中へ運んで行った。

突然やって来た女性(アニエス)には一切興味を示さない。愛想の良い表情を浮かべるものの、淡泊な性格の青年であった。

ジジルは我慢できずに、謎の女性について質問をする。

「それで、旦那様、そちらの素敵なお嬢様を、わたくしめに紹介していただけますか？」

「お嬢様じゃない。新しい使用人だ」

「ええ、そ、そんな～～！」

「何がそんな、だ」

ジジルはベルナールがついに女性を連れて来たと喜んでいたが、期待は大きく外れてしまった。がっくりと肩を落としている。

「おい」

「は、はい」

「こいつは使用人頭のジジル・バルザックだ」

ジジルは眉尻を下げながら、はじめましてと挨拶をする。

「わたくしはアニエス・レーヴェルジュと申します」

アニエスはスカートの裾（すそ）を持ち、膝を曲げて完璧な角度でお辞儀をした。

それは、貴族令嬢が正式な場で行う優雅な挨拶であった。

「アニエス・レーヴェルジュさん、ね」

名前を聞き、ジジルは「そういうわけか」と内心で納得する。

アニエスの父、シェラード・レーヴェルジュの不祥事は新聞でも大々的に報じられていた。

一晩にして没落貴族へとなってしまった悲惨な境遇に、思わず同情してしまうが、どうして元令嬢を使用人として雇い入れるなんて考えたのか、主人（ベルナール）の意図を理解できずにいた。

アニエスは一見して絶世の美女であるが、それを鼻にかける様子もなく、控えめで大人しい女性に見えた。下働きなどしたこともないだろうにと、気の毒に思う。

どうして「嫁に来い！」との一言が言えないのか。

ジジルはいつまでも子どもな主人に冷ややかな視線を向ける。

ベルナールは責められているような圧力をジジルの方より感じていたが、我関せずといった態度を崩さずにいた。

そんな二人の無言のやり取りに気付かないアニエスは、ぺこりと頭を下げた。

「ふつつか者ですが、よろしくお願いいたします」

「ええ、ええ、アニエスさん、よろしくお願いいたします、末永く、旦那様を！」

「何、余計なことを頼んでいるんだよ」

賑やかにしていたら、屋敷の裏にいたジジルの夫が出てくる。

背はベルナールよりも高く、がっしりとした体躯(たいく)だった。黒い髪は目元まで覆い、髭(ひげ)も輪郭(りんかく)を覆(おお)うように生やしている。

「あれ、うちの人、ここで庭師をしているドミニクっていうの。熊みたいでしょう？」

熊と聞いて、アニエスの目が輝いた。ドミニクは軽く会釈をして、再び仕事へ戻って行く。

アニエスはその後ろ姿を、胸の前で手を握り締めながら見送っていた。

「昔は、夫が大熊さんで、旦那様が子熊ちゃんって呼ばれていて——」

「まあ！」

「おい、余計なことを言うな‼」

怒られたジジルはベルナールに見えないように、おどけた顔で肩をすくめていた。

その様子を見て、アニエスは控えめに微笑む。

今まで暗い顔だったが、やっと笑ってくれた。ジジルはこの可憐(かれん)な笑顔を見たかとベルナールを振り返ったが、すでにその姿はなかった。どうやら知らぬ間に家の中に入っていたようである。

「……その、ごめんなさいね。うちの旦那様、まだ、子どもなの」

「いいえ、そんなことありません」

大袈裟(おおげさ)に首を横に振るアニエスに頭を下げるジジル。なんて良い娘なのかと、胸が熱くなった。

「わたくし、頑張ります」

「ええ、応援をしているわ！」

ジジルはこの家で行うアニエスの扱いを、心の中で勝手に決定する。

「――さっさと結婚してもらうために、ね」

「え？」

「いいえ、なんでも。こっちのお話！」

そう言いながら、アニエスを屋敷の中へと案内する。

元令嬢の使用人生活が始まろうとしていた。

第五話

オルレリアン家にようこそ！

Tant qu'il y a
de la vie,
il y a de l'espoir.

命あるかぎり
希望がある

ジジルはアニエスに屋敷の中を案内する。

「まず、部屋を先に案内するわね。エリーック!!」

執事である息子を呼び戻し、鞄を持ってついて来るように命じた。

「あの、鞄はわたくしが自分で」

「いいの。ここでは重い物を持つのは男の仕事だから」

「ですが――」

ジジルはアニエスを振り返り、「使用人頭の言うことは絶対」と宣言。しっかりと復唱もさせる。

「わかった？」

「……はい」

それから屋敷内を歩きながら、部屋の案内をしていく。

「三階が使用人の居住区、二階が旦那様の生活拠点、一階が食堂に風呂場、調理場とか洗濯をしたりする仕事場になるわ」

「はい」

三階にあるのは使用人の個人部屋と、物置、簡易洗面所、リネン室など。

「ここの使用人は全員で六名。みんな私の家族よ。前を歩いているのが長男で、執事をしているエリック、調理場担当は次男のアレン。でも、息子一人だけじゃ無理だから、食事はみんなで協力をして作っているわ。下働きは娘達、キャロルとセリアがしているの。お世話するのは旦那様一人だし、このとおり屋敷も大きくないから」

ジジルの長女アンナが二ヶ月前に結婚をして、新しい使用人を雇うか検討中だったと言う。

「だから、ちょうど良かった」

「そのようにおっしゃっていただけて嬉しいです。お役に立てるよう、励みます」

「よろしくね。まあでも、人数が少ないからって心配しないでね。今までも人が足りない日は、日雇いで他の人に来てもらうこともあったから」

「はい」

前向きな様子を見せているアニエスに、ジジルはにっこりと微笑みかける。

三階にある使用人の居住区は家族で使っているので、男女の区切りはない。

「大昔、街屋敷（タウンハウス）として使っている時は、使用人は地下と三階、男女に分かれて使っていたの。でも安心して、あなたの使う部屋は、厳重な鍵のある場所だから」

二ヶ月前まで長女が使っていた、屋根裏部屋だと説明した。

「男と同じ居住区で心配でしょうけれど、残念なことにあなたは息子達の好みじゃないと思うわ」

どういうことかと首を傾げていれば、ジジルは目を細めながら言う。

「私を連想するから。同じ金髪の女性には興味ないって、子どもの時から言っていたの」

「まあ……！」

「失礼よねえ」

そんな話をしているうちに、三階から小さな階段で上がった先にある屋根裏部屋に辿り着いた。

エリックは扉の前に鞄を置き、何も喋らずに去って行く。

アニエスはその後ろ姿にお礼を伝え、丁寧にお辞儀もしていた。

「ごめんなさいね。あの子、ちょっと変わっているの」

仕事はきちんとするので許してねと、ジジルは軽く謝る。息子の態度に苦笑しながら、腰より吊り下げていた鍵の束を取った。

「ここ、アンナが嫁いでからずっと、開かずの扉だったのよね」

基本的に、使う部屋しか掃除をしない。雇う人数を増やさない代わりに、ベルナールが決めたことであった。

「まあ、二ヶ月しか経っていないし、そこまで酷いことには――」

鍵を開けて扉を引けば、埃(ほこり)っぽい空気が漂う。

「ごめんなさい、ちょっと思ったよりも凄かったわ」

手にしていた角灯(かくとう)で部屋を照らしながら、窓を開きに行く。

ひやりとした、森の澄んだ空気が窓から吹き、室内の埃っぽさは多少薄れた。

「アニエスさん、これ、ちょっと持っていてくれる？」

「はい」

角灯をアニエスに渡し、ジジルは天井から吊るされていた灯(あか)りを点(とも)した。

「アンナ――嫁いで行った娘が家具とか、運ぶのが面倒って言ってほとんど置いて行ったのよ。良かったら使ってね」

「ありがとうございます」

屋根裏部屋は天井が低く、広くもなかった。だが、壁や天井、暖炉すら白く、清潔感もあり、他にも、丸い机に椅子、衣装入れに至るまですべて白で統一している。

部屋の中を占めるのは、大きな寝台だ。壁には本棚があり、書籍が隙間なく詰まっている。

「全部ね、塗ったのよ。アンナが弟達をこきつかって」

兄妹がいないアニエスは、その話を微笑ましい気持ちで聞いていた。

「汚くてごめんなさいね。綺麗にすれば、良くなるから。気に入ってくれたらいいんだけれど」

「おとぎ話に出てくるような、可愛いお部屋です」

「娘もそんなことを言っていたわ」

布団はあとで運ぶから、とジジルは伝える。

「まずは、綺麗にしなきゃね」

まだ床などにうっすらと埃がある。掃除をする必要があった。

洗面所に置いてある掃除道具と、水を取りに行く。

「さて、始めますか」

「はい」

二人で部屋の清掃をする。アニエスも慣れないなりに頑張った。


帰宅後、自室にまっすぐやってきたベルナールは、長椅子に腰かけて頭を抱えていた。

――いったい、どうしてこんなことに⁉

ちょっとした意地悪のつもりだった。

アニエスが要求を呑むと言った場合、支配下に置いて「ざまあみろ」とこきつかい、清々しい思いになるはずだった。けれど、現状として気分はまったくすっきりしない。

雇ってやると言えば、彼女の自尊心を傷つけることができると考えていた。

なのに、その目論見は大きく外れる。アニエスは雇ってくれることに対して、本心から深く感謝をしているように見えた。

五年前、ベルナールを蔑むように見ていた伯爵令嬢とは別人のように思える。

もしかして勘違いだったのではと思った。しかし、幾度となく出会った時の記憶を蘇らせ、やっぱり気のせいだと、頭を振って否定した。

部屋でぼんやりと過ごしていたら、扉が叩かれる。やって来たのは執事であるエリックだった。

「旦那様、新しい使用人の契約書です。内容をご確認ください」

「……ああ」

テーブルの上に一枚の書類が置かれる。

エリックは風呂にするか食事にするかを聞き、「どちらでもいい」と答えれば、「でしたら、先にお食事の準備をいたします」と言い、一礼して部屋を去って行く。

ベルナールは書類に触れずに、目線だけで文字を追う。

そこには、就業規約が事細かに書かれていた。浮かんできたのは一つの疑問。

――本当の本当に雇うのか⁉

心の中で自問する。

早まったことをしているのではと、額に汗を掻いた。

あんなにも、周囲にチヤホヤされていたアニエスが放置されている理由があるはずだと、今更ながら気付いた。

だがしかし、一度言ったことを反故にするのもどうかと思った。


──ああ、もう、面倒臭い!!


抱えていた頭を乱暴に掻きむしる。

いますぐにでも、契約書を破ってなかったことにしたい。あの時、アニエスに出会わなければと、己の運の悪さを呪った。

混乱した中で、ふと、父が言っていたことを思い出す。


──『わからないことや困ったことがあれば、騎士の教えに従え』

父親より何度も聞かされた言葉が蘇った。眉間に皺を寄せながら、騎士の教えを反芻させる。

──『弱き者を助け、礼儀を重んじ、悪を打ちのめす』

ならば、答えは一つしかない。

「——クソ!!」

肌寒い中、アニエスがみすぼらしい格好で震えていた姿は演技には見えなかった。故に彼女は、ベルナールが守らなければならない、弱き者に間違いないと思う。

半ば、自棄になりながら執事を呼んだ。

「おい、あの女を呼んで来い」

「アニエス・レーヴェルジュのことでしょうか？」

「そうだ。早く行け」

「承知いたしました」

執務室からペンとインク壺を応接間へと持ってきて、雑な動作でテーブルの上に置く。

アニエスはすぐにやって来た。

「オルレリアン様、お呼びでしょうか？」

「……ああ」

ベルナールは顎先で向かいにある長椅子に座るように命じる。

アニエスは失礼しますと言って、何故かベルナールの隣に腰を下ろした。

「な、なんで隣に座るんだよ」

「あ、こ、こちらを示しているように見えたので」

「普通は対面する位置だろうが」

「ごめんなさい……」

慌てて立ち上がろうとするのを手で制す。

座る場所をああだこうだ言うなんて、小さなことだと気付いたからだ。

ふと、心臓がバクバクと激しい鼓動を打っていることに気付く。

ここ数年、同じ年頃の女性とあまり接したことがなかったので、どういう風な態度でいればいいのかまったくわからないのだ。

ちなみに、ジジルの娘達は赤ちゃんの頃から知っているので、異性だと思っていない。

さっさと要件を済ませて、部屋からいなくなってもらおうと思った。

テーブルの上の契約書を掴み、アニエスの方へと向ける。

「これが、労働契約書だ。よく読んで決めろ」

「はい、ありがとうございます」

そのまま契約書を受け取ると思いきや、アニエスは身を乗り出して文字を読もうとする。

あまりにも急に接近をしてきたので、再びベルナールは驚いた。

ふわりと良い香りが漂い、さらなる混乱状態となる。

「――ち、ちょっ、お前、近い！」

眼前にあったアニエスの肩を慌てて押して遠ざけた。契約書は投げるようにして、膝の上に置く。

「ごめんなさい、よく見えなくて」

「紙くらい自分で持てるだろ」

「も、申しわけありません」

顔を真っ赤にして怒るベルナールは、アニエスの心からの謝罪を聞き流してしまった。

「次からは、気を付けます」

「いいから、早く読め」

「はい」

ベルナールに促（うなが）されて、アニエスは契約書を手に取る。

紙を目の前に持っていき、真剣な顔で契約内容を読み進めていた。

「読みました」

「……ああ」

「あの、これから、よろしくお願いいたします」

「……ああ」

給料は決して高くはない。労働条件も、生活環境も良いわけではなかった。

だが、アニエスはここで働くと、決意を口にした。

ベルナールは、乗り気じゃない様子を隠そうともせず、契約書への署名を求める。

「……内容に不服がないのならば、一番下に自分の名前を書け」

「わかりました」

低いテーブルに顔を近づけ、アニエス・レーヴェルジュという署名を書き綴（つづ）る。

ベルナールはその姿を眺めながら、今日何度目かもわからない溜息をこっそりと吐いていた。

第六話
アニエスを取り巻く面倒な事情

Une hirondelle
ne fait pas
le printemps.

一羽の燕は
春をつくらない

朝。身支度を整えたベルナールは食堂へ向かった。いつものようにジジルが給仕をしてくれる。

砂糖をまぶした三日月型のパンに、半熟卵の目玉焼きと厚切りベーコン。野菜のスープに、ミルクと砂糖たっぷりのあつあつカフェオレ。普段と変わらぬ食卓である。

全体的に変化がなさすぎて、ベルナールはジジルに質問をする。

「おい、ジジル」

「はい」

「……あ、あいつは？」

「キャロルですか？　それとも、セリアでしょうか？」

「すっとぼけるな！」

キャロルとセリアは、ジジルの娘達だ。現在十五歳の双子である。

ベルナールは、オルレリアン家にやって来たばかりのアニエスを気にしていたのだ。

からかうのは適度にして、ジジルは新しい使用人の予定を主人に伝える。

「アニエス・レーヴェルジュの今日の勤務は、午後から夜までになっております」

随分と疲れているように見えたので、そのように決めたと報告する。

「ご不満があるようならば、変更もできますが？」

「いや、いい。どうせ大して役に立たないだろう」

ジジルは主人の言葉には返事をせずに、笑顔で受け流す。ベルナールの言葉が、心にもないことだとわかっていたからだった。

話が終われば、食事を始める。途中、銀盆（ぎんぼん）に載せた新聞をエリックが持って来た。

行儀が悪いことだとわかりつつも、時間がないのでパンを齧（かじ）りながら新聞を開く。

いまだアニエスの父親のことは、一面記事として扱われていた。

昨日、一回目の裁判があり、国政資本金規正法違反容疑で告訴されたと報じられている。

珍しく裁判には国王も顔を出していたらしい。長年宰相を務めていたシェラード・レーヴェルジュを信頼していた王は、今回の件で裏切られたと知った時の怒りはそれだけ大きかったのだろうと、記事に書かれていた。

ベルナールは今更、周囲の取り巻き貴族たちがアニエスの援助をしない理由に気付く。

今、事件の渦中（かちゅう）にあるレーヴェルジュ家の娘に支援の手を差し伸べれば、国王から不興（ふきょう）を招く。

故に、保身のために誰も助けなかったのだ。

「――胸糞（むなくそ）悪い！」

ベルナールはほとんど読んでいない新聞を、ぐしゃぐしゃに丸めて床に捨てた。

貴族社会は義理と人情で回っているわけではない。

わかっていたが、こうやって目に見える形でやられると、気分も悪くなる。

食欲も失せていたが、騎士は体が資本。

パンはカフェオレで流し込み、卵とベーコンもよく噛んでスープと一緒に飲み込んだ。

馬車の時間が迫っていたので、早足で出勤することにする。

ベルナールは隊舎の更衣室に向かい、騎士の制服に着替える。

紺色（こんいろ）の起毛素材（ベルベット）の上着を着て、黒いズボンをベルトで締めた。

上から鎧を着込み、肩の金具に部隊の紋印（もんいん）が入った緋色（ひいろ）のマントを結ぶ。

ベルナールが所属をするのは『特殊強襲第三部隊』という、重要拠点占拠や暴力活動などの犯罪者鎮圧（ちんあつ）、先日行ったような差し押さえの立ち入り補佐など、場が荒れる事件に出動する特殊部隊である。部隊は全部で七つあり、ベルナールが所属するのはその中でも少数精鋭部隊だ。

そのため、毎日の訓練は厳しく、個々の能力を高めることに時間の多くが割かれる。

朝礼後、訓練をして、装備品の手入れをする。任務のない日はだいたい同じような内容であった。

昼間になると食堂に向かう。

副隊長以上は幹部専用食堂もあったが、各部隊の隊長に囲まれて食事をしても料理の味がしないという噂を聞いていたので、ベルナールは一度も使ったことはない。

よって、昼食は食事を求める騎士達でひしめき合う、中央食堂で済ませていた。

まずは出入り口で品目（メニュー）の確認。大勢の人が集まっていたが、周囲の騎士より背が高いベルナールは、皆の上から献立（こんだて）が書かれた板を覗き込んだ。

・日替わり定食（パン、甘辛肉の串焼き、チーズスープ、野菜炒め、魚のパリパリあんかけ）
・肉麺（大盛は銅貨＋一枚）

・大盛定食（パン食べ放題、肉塊の香草焼き、肉のスープ）

騎士達の食事を提供する食堂の品目は多くない。だが、安くて味はそこそこ美味いと評判だった。いつもどおり日替わり定食でいいかと、食券を係の者に手渡した。

騎士達で賑わう食堂の中で、空いた席に座る。

「——お、ベルナールじゃないか！」

今日も偶然、元同僚のジブリルに会った。

「最近よく会うなあ……これって運命？」

「いいから座れよ」

軽口を叩くジブリルに、前の席が空いていたので座るように勧めた。

お喋りな彼は、食事に手をつける前に話を始める。

話題はアニエスの父、シェラード・レーヴェルジュの裁判のことで持ち切りだった。周囲の騎士達も同様である。

「可哀想だよなあ、あの娘も」

アニエスの母親は彼女が数年前に亡くなっているらしいと、ジブリルは個人情報に触れる。

「国王様のお怒りを買っている、レーヴェルジュ家の娘を保護する酔狂(すいきょう)な奴はいないだろうからなあ。仮に見つかったら、出世もできないだろうし」

その言葉を聞いたベルナールは、突然噎(む)せ始めた。友達思いのジブリルは、席を立って背中を叩いてやる。

「おい、大丈夫か？」

「……あ、ああ」

軽い気持ちでアニエスを保護した酔狂な男は、水を飲んで落ち着きを取り戻した。

ドクドクと心臓が高鳴っているのがわかった。

あらためて、自分はとんでもないことをしてしまったのだと、後悔の念に襲われる。

「隊の調査部から、裏で変なことを言いだしている奴もいるという報告も上がっているらしい」

「変なこと？　なんだ、それは」

「なんでも、アニエス・レーヴェルジュを愛人にしたいと望む者がいる、と」

「は？」

「ようは、国王様にバレないように囲い込めば大丈夫ってこと」

あれだけの美しい娘だ。愛人にしたいと思う者は大勢いるだろう。しかし、アニエスを囲い込むには社会的な損失が大きくなる。ならば、公の場ではなく、裏社会に隠しておけばいいという考えを聞き、心底呆れてしまった。

「つまりは、賭博場、薬の密売、奴隷の売買などに彼女を……」

裏社会で暗躍する者達は、長年騎士隊が王都から一掃しようとしている一味でもあった。

しかし、人や物の出入りが激しい首都では、なかなか上手く取り締まれていないというのが現実である。

「そういうのに、貴族も関わっているんだろうねえ」

「尻尾は掴めないがな」

「だから、アニエスさんに協力をしてもらえばいいとか、くだらない話も浮上しているんだと」

アニエス・レーヴェルジュならば、潜入調査を行っても、上手く立ち回ることができるだろうと。

しかしながら、ベルナールは昨晩のアニエスを思い出す。

座れと言えば隣に腰かけ、契約書を読めと言えば急接近をしてきた。

抜けているというか、注意散漫というか。

男を手玉に取り、裏社会を翻弄（ほんろう）できるような娘には見えなかった。

とてもじゃないが無理なのではと、心の中で思う。

「それで――」

ジブリルの声に、我に返る。

「どうかした？」

「いや、お前、部隊の機密をこんなところでベラベラ喋っていいのかよ」

「大丈夫、大丈夫。多分」

話の内容もさることながら、窓の外に広がる空模様は灰色で、余計に憂鬱になった。

自宅のある方向はこの辺よりもさらに黒い雲が広がっており、大雨でも降っているのではと思う。

深い溜息を吐きながら席を立つ。

「あ、おい、ベルナール、話はまだ……」

「沈黙は金、雄弁は銀」

「なんだよ、それ」

「異国の哲学者の言葉」

その言葉を残して、食堂から去って行く。

部隊の休憩所でも、レーヴェルジュ家の話で持ち切りだった。

隊長であるラザールは、噂になっていたアニエスの潜入調査の件を否定する。

「おそらくないと思うな。作戦を行うとなれば、国王の許可がいるし、現状、レーヴェルジュの名前を聞いただけでも大激怒しているみたいだから無理かと」

ちなみに、新聞に書かれていた国王は影武者らしい。

本人は知らぬ顔で執務をしていたとか。

「まあ、宰相が抜けた今、裁判に出かける暇なんてないよな」

休憩時間終了後の鐘が鳴れば、訓練再開の声をかける。

特殊強襲第三部隊の隊員達は中庭へと向かった。

終業後、ベルナールはいつものように私服に着替え、家路に就く。今日は謎の娘を拾うこともなく馬車に乗り込み、森の中にある自宅へと戻った。

残業をしていたので、辺りはすっかり暗くなってしまった。

灯りのない道を、慣れた足取りで進んで行く。

それにしてもと、アニエスを抱える問題が頭を離れない。上司に報告すべきか、すべきでないのか。答えはいまだ出せずにいる。

大きな溜息を吐き、扉を開いた。すると、玄関先にいたのはアニエスの姿。

「――お帰りなさいませ、ご主人様」

にっこりと美しい微笑みで迎えるアニエスを見て、ベルナールはいろんな意味で眩暈(めまい)を起こしそうになった。

第七話　嵐の夜に

Après la pluie,
le beau temps.

雨のあとでは
良い天気

紺のワンピースに、梳毛織物（モスリン）の白い前掛け（エプロン）と女中帽（メイド）を被った姿で現れたアニエス。

髪型はいつもと同じ三つ編みを後頭部で纏めた形で、帽子から垂れた長いリボンが歩くたびに微かに揺れている。

袖口の膨らみ（パフスリーブ）のない地味なワンピースは足首までも覆う長いもので、エプロンは軽くて良く乾くと使用人には評判だったが、透けるほど薄い素材で安っぽい。

貴族の中には見栄を張って使用人に高価なお仕着せを用意する者達もいたが、ベルナールはそうではなかった。基本的に、服装などは使用人頭のジジルに任せてある。

そんな、全体的に時代錯誤な格好であったが、アニエスが着るとどことなく上品に見えた。けれど、ぱっと格好を見た感じでは使用人だが、彼女の持つ気品や優美な仕草から、微妙な違和感が生じている。


――駄目だ、これでは使用人に見えない‼

ベルナールは使用人の格好さえしていれば、なんとか隠し通せるのではと思っていた。少なくとも彼女の扱いを考えている間くらいはと。

しかしながら、目の前のアニエスは、たわむれに使用人の格好をした貴族令嬢にしか見えない。

このように垢抜けた使用人など、どこにも存在しないだろう。

「あの、ご主人様、外套を……」

足音もなく接近するアニエス。

事態の悪さに考えを巡らせていたので、ベルナールは肩を揺らすほど驚いた。

声をかけられただけでも心臓が飛び出そうになったのに、アニエスはすぐ傍まで接近していた。

「だ、だから、お前、近いって！」

「ご、ごめんなさい」

ジジルから主人との距離感から教わってこいと、つい怒鳴ってしまった。

外套を素早く脱ぎ、アニエスに投げ渡す。

そのまま私室に向かおうとしたが、背後より声がかかる。

「ご主人様」

「まだ、なんか用か？」

「はい」

ずんずんと前を行く大股の歩みに、アニエスは小走りでついて来る。

背後より聞こえる声が切れ切れになっていたので、若干気の毒に思い、立ち止まった。

「それから――きゃ！」

「⁉」

アニエスは、歩みを止めたベルナールの背中にぶつかる。

身体は軽く、痛くもなんともなかったが、注意散漫な様子に苛ついてしまい、怒りの形相で振り返ってしまう。

「お、お前は〜」

「ごめんなさい、ごめんなさい」

平謝りするアニエス。そんな彼女を、ベルナールは眉間に皺を寄せながら見下ろした。

「――？」

ここでも疑問に思う。彼女は本当にあの、アニエス・レーヴェルジュなのかと。

名家と言われていた長い歴史のある伯爵家に生まれ、華々しい社交界デビューを果たしたアニエス。『麗しの薔薇』ともてはやされ、下級貴族を見下す気位の高い令嬢だと思っていた。

「ご主人様？」

またしても、アニエスの前でぼんやりと考えごとをしていた。

ぶんぶんと首を横に振り、用件はなんだと訊ねる。

「これからの予定なのですが――」

「ああ」

アニエスはきちんと背中を伸ばし、はっきりとした声で問いかける。

「お風呂になさいますか？　お食事になさいますか？」

風呂か食事か。いつもエリックが聞いてくることだ。

まだ頭の中がもやもやしているので、風呂に入ってすっきりさせたいと考えていた。

「それとも――」

「まだあんのかよ！」

そこまで言って我に返り、思い出す。以前、偶然聞いたジジルが夫ドミニクにふざけて言っている言葉を。

——あなた、お風呂にする？　お食事にする？　それとも、わ・た・し？

それが浮かんだ瞬間、ベルナールは顔を真っ赤にする。

余計なことを教えてくれた使用人頭を怒鳴りたい気分だったが、その前にアニエスの言葉を制するのが先だと思った。

「風呂だ‼」

そう言って部屋まで早足で帰る。質問の回答を聞いた彼女は、あとを追って来なかった。

いやな汗まみれだった体を洗い、ゆっくりと浴槽に浸かる。

いつの間にか、雨が降っていた。

しとしとの弱い雨ではなく、ざあざあと勢いのあるものだった。

激しく地面を打つ雨音が、ベルナールの思考の邪魔をする。

今、ここでいろいろ考えても答えは浮かばないと諦め、浴槽から出た。

それと同時に、浴室の外からエリックの声が聞こえた。

ベルナールはタオルを肩にかけ、返事をする。

「どうした？」

「旦那様、三階で雨漏りが」

「なんだって？」

ベルナールが所有するこの屋敷の歴史は百年ほど。半年に一回の点検をしながら、騙し騙し住んでいた。見た目は白亜でそこそこ良かったが、正直に言ってしまえばボロ屋敷だった。

屋根裏部屋に住んでいたジジルの長女がたまに雨漏りをするという話を聞いていたが、下の階まで漏れたというのは初めてだ。

昼間、雹が降ったので、その影響かもしれないとエリックは推測していた。

とりあえず、二階が雨水に侵食されないように応急処置をしろと命じる。

ベルナールは適当に髪と体を拭いて、服を着込んだ。

三階にかけ上がれば、バタバタと使用人達が走り回っているのがわかる。

「あ、旦那様！」

「わ、旦那様！」

最初にベルナールに気付いたのは、ジジルの双子の姉妹、キャロルとセリア。黒髪に青い目をした美少女である。姉妹はポタポタと落ちてくる雨水の下に、桶を置いて回っていた。

「旦那様大変なの！」

「屋根裏部屋が、水浸し！」

屋根裏部屋と言えば、アニエスが使っている部屋だと聞いていた。

三階は姉妹とジジルに任せ、雨漏りが激しい上階に向かう。

ベルナールは屋根裏部屋の出入り口の扉の前で、蹲っている人物を目にする。

それは、服や髪を僅かに濡らし、涙目になっているアニエスだった。

守るように抱いているのは、ずぶ濡れになった旅行鞄。二つあったうちの、小さい方であった。それは、彼女の特別な私物が入った物だった。

「お前――」

「あ……」

ベルナールの姿を見るなり、慌てて立ち上がって頭を垂れるアニエス。

震える声で謝罪をした。

「お、お部屋を、水浸しにして、しまい、ました」

「何言ってんだよ」

出入り口の中心にいたアニエスを押しのけて、部屋に入る。

実は、屋根裏部屋に入るのは初めてだった。

かつての主だったジジルの長女が「私だけのお城」と自慢していた場所だったが、水浸しになって見るも無残な状態になっていた。

雨もりというより、小雨が降っていると言った方が良いような惨状の中、ドミニクと、次男で調理場担当のアレンが天井に板を打っているところだった。

「おい」

「旦那様」

作業をしている二人に声をかけようとすれば、背後よりエリックがやって来る。

用件は今から大工に来てもらうよう頼みに行くかというものだった。

「こんな大雨の夜の森に、来るわけないだろ」

「承知いたしました。では、応急処置を」

「天井に板を打っても無駄だ！」

板を張るならば、屋根にしなければ意味がなかった。以前、騎士舎で雨漏りをした時、瓦を剥いで板を打ち付ける作業の経験があったのだ。

「では、ドミニクに」

「あんな大男が乗ったら屋根が壊れる」

「アレンは高所恐怖症です。ですので、私が――」

「いい。俺が行く」

「ですが」

「ここは俺の家だ！」

屋根裏部屋の雨は、できるだけ桶や器などで受け止めるように指示を出す。

アレンの持っていた三枚の板と金槌（かなづち）、釘を奪い、窓を開く。

外は嵐になっていた。強い風が吹きつけ、横殴りの雨が打ちつけてくる
アレンはその様子を見て、慌ててベルナールを止めようとした。

「旦那様、危険ですって！」

「このままじゃ家が水浸しになるだろうが！　いいからお前らは、漏れてくる雨をどうにかしろ、床を拭け。命令だ！」

主人にそう言われてしまったら仕方がない。男衆は一階に器を取りに行く。

ベルナールはベルトに金槌を差し、ポケットに釘を入れた。板は脇に抱える。

窓枠に足をかけ、一気に屋根の上に登る。

「……クソ！」

屋根の上は真っ暗で、何も見えなかった。角灯が必要になる。急いで踵を返せば、濡れた瓦で足を滑らせてバランスを崩す――が、なんとか踏み止まって、屋根から落下せずに済んだ。

慌てていたら怪我をする。冷静になれと自らに言い聞かせた。

板を屋根の溝に置き、屋根裏部屋に下がろうとすれば、人の気配を感じたので、角灯を持って来るように頼む。

すぐに窓から角灯が差し出されたので、手を伸ばして受け取った。

「おい、窓を閉めろ！　部屋が濡れる」

すぐさま、窓は閉ざされたのを確認し、再び屋根の上に乗り、角灯で足元を照らす。

エリックの言っていたとおり、焼き土の瓦が何ヶ所も割れていた。どんな大粒の雹が降ったのだと、思わず眉間に深い皺を刻んでしまう。割れている瓦を剥いで、板を打ちつけた。

三枚では足りず、ベルナールは屋根の縁に腰を下ろし、窓を踵で叩く。

合図に合わせて、窓が開かれた。

「おい、板をもっとくれ！」

指示すれば、一枚の板が差し出された。

「一枚じゃ足りねえよ！　もっとだ」

続けて、ぶるぶると震える三枚の板が差し出された。

ベルナールは片手で取り上げる。全部で四枚の板を持ち、窓を閉めるように指示した。

幸い、瓦が破損しているのは十ヶ所ほどだった。代わりの板を打ち込めば、雨漏りも収まる。

屋根の見回りを終えたベルナールは、屋根裏部屋へと降りる。

そこには、床の拭き掃除をする使用人の面々が。ジジルがタオルを持って来てくれる。

ずだった。

誰よりも濡れている彼女に、首を傾げる。先ほど会った時はそこまでびしょ濡れではなかったは
そう呟いてから、床拭きをするアニエスの存在に気付いた。

「酷い目に遭った」

「お疲れさまです、旦那様」


「お前、なんでそんなに濡れてんだよ。どっかでこけたのか？」

「い、いえ」

アニエスは潤んだ目でベルナールを見上げた。肩が震えていて、雨の中に捨てられた子猫のよう
だと思った。二人の間に、ジジルが割って入る。

「アニエスさんは旦那様のために板を運んでいたようです」

「お前だったのか？」

「はい」

差し出された板が震えていたわけを理解する。非力な令嬢には、薄い板でも重かったのだろうと。

「もう、いい」

「え？」

ベルナールはアニエスの腕を引き、立ち上がらせる。

それから体をくるりと回し、出入り口に向けて背中を押した。

「あの、わたくし――」

「下がれ」

「で、ですが」

「ジジルとキャロルとセリアもだ」

部屋の後始末は男衆で行うと言い、女性陣は着替えをするように命じた。

ジジルは立ち上がり、一礼する。

「では旦那様、お言葉に甘えて」

「ありがとうございます！」

「ありがとうございました！」

双子も嬉しそうにお礼を言い、掃除道具を片付け始めた。

アニエスは一人、オロオロとしている。

「アニエスさん、行きましょう。旦那様のご命令です」

「え？　ええ……」

アニエスはジジルに背中を押され、部屋から出ることになった。

女性不在の華やかさがなくなった屋根裏部屋で、ドミニク、エリック、アレンにベルナールの清掃活動が再開された。

第八話

悪女、アニエス・レーヴェルジュ

Nul bien perdu.

失われる財産はない

嵐から一夜明け、朝になれば外は快晴。昨日の荒れた天気が嘘のようだと、ベルナールは思う。

エリックが淡々と語る損害報告を、自棄（やけ）になりながら聞き流す。

昨晩、一番の被害を受けた屋根裏部屋は湿気で使えない。床の板は剥がして取り替えなければならない状態になっている可能性もある。修繕にかかる費用など、考えたくもなかった。

アニエスは一時的に客間を使うようになった。

ベルナールはちょうどいいと思っていた。彼女の処遇を決める間は、丁重（ていちょう）な扱いをすることに決めていたからだ。

「それから、アニエス・レーヴェルジュについてですが」

「ああ」

「どうやら風邪をひいているようで」

「はあ？」

「昨晩、全身雨に濡れていましたから」

雨に濡れただけで風邪をひくなんて、ベルナールには信じられない話であった。

現在、セリアとキャロルが看病しているということだった。

「どういたしましょう」

「どうって、医者を呼べば――」

そこまで言ってハッとなる。

この屋敷の者以外にアニエスの姿を見られるのはよくないことだと。

だがしかし、病人は放置できない。

「医者を、お呼びすればいいのですね？」

「あ、ああ。だが――」

金を握らせてきつく口止めしておくように命じる。

「承知いたしました。では、今から手配を」

「頼む」

エリックは一礼をして、部屋を出る。

修繕費用に医療費、口止め料。ベルナールのけっして多くない財産はどんどん削られていく。

次から次に問題が起きるのはなぜなのかと、深い溜息を吐いた。

騎士の装いに着替え、勤務時間が始まるまで休憩所で過ごす。

所属する『特殊強襲第三部隊』は二十代前半から半ばまでの若い騎士達が所属している。

基本的に真面目な者達が多いのだが、今日は何故か、朝から妙な盛り上がりを見せていた。

彼らが囲む物は、安っぽい作りの週刊誌。内容は貴族達の噂話が書かれた、極めて下品な物。

今週号は品切れになるほど売れていて、苦労をして入手したのだと、隊員の一人が自慢するように言いながらベルナールの前に差し出した。

「何が書かれてんだよ」

「噂の、レーヴェルジュ家のご令嬢についてですよ」

ベルナールは動揺を顔に出さないようにして、雑誌に視線を落とす。

表紙は裸婦画だったが、そんなことなどどうでもよかった。

見出しには、『元伯爵令嬢の、派手な暮らしと、奔放(ほんぽう)すぎる異性交遊のすべて～関係者が語る、真なる姿～』と書かれている。

それを見ただけで嫌悪感を覚えていた。

興味を示さないように見えるベルナールに、同僚の一人が記事の内容を語り始める。


アニエス・レーヴェルジュ。

名家生まれの十九歳で、引く手数多(あまた)な社交界一の美女である。

彼女は自らを美しく保つことに、情熱とお金をかけていた。

ドレスは絹製の繻子(サテン)織りや琥珀(タフタ)織りなど、一級品の素材を使った品にしか袖を通さない。

ある日誤って、綾(サージ)織りで作られたドレスを持ってきた侍女をその場で解雇(クビ)にしたこともある。

そんなアニエス・レーヴェルジュの真の姿を知らない、社交界の人々は、彼女を『麗しの薔薇』と呼んでいた。

お金をかけているので、彼女が美しいのは当たり前のような気もすると、記者は自らの意見も交えつつ、アニエスの贅沢三昧(ぜいたくざんまい)の暮らしを赤裸々に書いていたらしい。

男性との付き合いに関しては、ベルナールが元同僚(ジブリル)から聞いた内容と同じだったが、より詳しい話が当時の自称関係者の言として語られていたとか。

「すごいですよね～。一年ごとに男をとっかえひっかえって」

「捨てられた側はたまったもんじゃないよな。たくさん貢がされただろうに」

「アニエス嬢、可哀想に思っていたけれど、話を聞いてみれば自業自得と言うか……」

「宮廷舞踏会の時、見かけたけれど、すっげえ美人だったぜ」

「けどさあ、金がかかって、性格も悪ければ、嫁にするのはごめんだろうよ」

ベルナールは会話に加わらずに、黙って雑誌を見下ろし続ける。

以前ならば、悪口にも参加をしていたかもしれない。

だが今は、噂話を前に首を捻るばかりだった。

アニエス・レーヴェルジュ――気位が高く、見かけで人を値踏みするような最低最悪の女性。

しかしながら、ベルナールの知るアニエスの姿は、大きく異なっている。

大人しく控えめで、なけなしの金を使って父親に差し入れを持って来ていた、どこにでもいるような家族思いの女性。

悪女なアニエスと、ごくごく普通なアニエス。

ベルナールはどちらが本当の姿なのかわからなくなる。

まだ、短い期間しか関わっていない。答えを出すのは早すぎるだろうと思った。

勤務時間になれば、隊長であるラザールが朝礼をしにやってくる。

下品な週刊誌は隠すのが遅れ、没収をされてしまった。


一日の訓練を終えて、成果の報告をしに上司の執務室に向かう。

勤務時間終了を知らせる鐘が鳴れば、ラザールはベルナールに「ご苦労様」と労い、帰るように勧める。

「――ああ、そうだ、オルレリアン。これを処分しておいてくれ」

差し出されたのは、アニエスの噂話が書かれた週刊誌。苦々しい顔で、それを受け取る。

「まったく、酷いものだよ」

ベルナールはどういう反応をしていいものかわからずに、黙って差し出された雑誌を受け取る。

あまり厚くない表紙を、内側に丸めて握り締めた。

どこかで燃やして帰らなければと考えながら、ラザールの話を聞く。

「できるなら、彼女を保護したいところだが、消息が掴めん」

「……大丈夫なんですか？」

「何がだ？」

「国王から不興を買っている家の娘なんか助けて」

「良くはないが、こんな記事が出ていたら、彼女を取り巻く境遇は悪化するばかりだろう」

ただでさえ父親の起こした事件で冷遇されているのに、今度は本人の悪い噂も出てしまった。事態はどんどん悪い方向へ転がっていると溜息交じりに話す。

「もしかしたら、彼女は街の孤児院に身を隠しているかもしれん」

「それは、どうして?」

「姪(めい)がアニエス・レーヴェルジュと付き合いがあったのだが、彼女は週に一度、孤児院に通っていたと話していた」

慈善活動を積極的に行う女性だったと、ラザールはアニエスの行いを語る。雑誌に書いてあることは、多分デタラメだろうとも。

「一度だけアニエス嬢と姪の家で会って挨拶をしたことがあったが、礼儀正しいお嬢さんだったよ。……雑誌の売り上げを伸ばすために、こういうことを書いたのだろう。しようもないことをする」

こんな雑誌が売れる嫌な世の中だと、吐き捨てるラザール。

それから、しばらく沈黙の時間がすぎていく。

先に口を開いたのは、ラザールだった。

「オルレリアン」

「なんでしょう?」

「私はこれから会議に行かなければならない。それで、頼みがあるんだが」

ラザールは頭を下げて願う。今から孤児院に行き、アニエスがいたら保護をして欲しいと。

「もしもいたら、馬車で私の家まで連れて行って欲しい。報酬も出そう」

「いや、いいです」

「そう言わずに、頼む」

「……いえ、孤児院には行きます。帰り道の途中にあるので。いいと言ったのは報酬です」

「そうか。ありがとう」

王都の孤児院は馬車乗り場の近くにあった。

上司の住む屋敷の住所が書かれたメモ紙を受け取り、着替えをするために更衣室に向かった。

騎士団の駐屯地（ちゅうとんち）より徒歩十分。中央街の馬車乗り場より少しだけ離れたところに孤児院がある。

手ぶらでは行けないので、近くにあった店で焼き菓子を買って向かった。

教会に併設された孤児院は、貴族からの寄付で運営されている。

しかしながら、そこで暮らす子ども達の生活はけっして恵まれたものとは言えない。

集まったお金がどれほどで、誰が管理をしているのかは明らかにされていなかった。

ベルナールは柵の外から孤児院の中を覗き見る。五歳から十歳位までの子どもが、元気よく走り回っていた。豊かな暮らしをしていないことは、服装などを見たらわかる。裸足の子どももいた。

今まで恵まれた環境で育ったベルナールは、目を背けたくなるような光景であった。だが、かと言って、このまま帰るわけにはいかない。出入り口に回り込んで、中に入った。

「わあ、お客さんだよ！」

「こんにちは！」

さっそく、子どもたちに発見されて囲まれてしまった。良い匂いがすると言って、手にしていた紙袋を覗き込まれてしまう。

「ちょ、ちょっと待て」

子どもたちにもみくちゃにされていると、建物の中から修道女（シスター）がやって来る。

「あなた達、お客様に何をしているのですか！」

怒られた子どもたちは一言謝って、散り散りになった。

「申しわけありませんでした」

「いや、構わないが……」

とりあえず、手にしていた焼き菓子を渡す。修道女は皆が喜ぶと、笑顔で受け取ってくれた。

騎士の証である懐中時計を見せて身分を明かし、アニエス・レーヴェルジュについて話を聞きたいと言うと、建物の中へと案内をしてくれる。

「最初に言わせていただきますが、アニエスさんはここにはいません」

それはそうだろうよと、ベルナールは心の中で言葉を返す。

「……今日までに、たくさんの記者が来ました。アニエスさんの話を聞くために」

修道女はどの記者にも同じことを話したと言う。

「アニエスさんは週に一度、こちらまで足を運んでくれました。とても優しく、慈愛に満ちた女性です。子ども達も、アニエスさんに会うのをとても楽しみにしていました。以上が揺るがない真実です。……誰も、私が話をしたことは、記事に書いてくれなかったみたいですけれど」

週刊誌の記事を見て、とても悔しい思いをしていると話す。ベルナールは黙って話を聞いていた。

「――それで、騎士様はどうしてこちらに？」

「いや、まあ、アニエス・レーヴェルジュがここにいるなら、上司が保護をしたいと言っていて」

「まあ、それならば、心配はありませんわ！」

何が心配ないのか。アニエスはベルナールの家にいる。修道女がどうしてそう言い切るのか、気になったので質問をした。

「アニエスさんは、とある騎士様の家にいらっしゃいます」

「はあ？」

どこで情報が漏れたのかと、額に汗を掻くベルナール。ドクドクと、鼓動が激しくなっていた。

「いったい、どこの、誰――」

「私も詳細は知らないんです」

「え？」

「母から聞いた話なので」

「母親から？」

「はい。私の母は宿屋を経営しているのですが――」

『野山の山羊亭』。修道女の母親は、そこの女将だと言い、身の上を軽く語り出す。

「私の家は大家族で経済的にいろいろ厳しかったんです。……結婚適齢期になっても不器量な貧乏宿屋の娘を妻にと思ってくれる人もいなくて、二十歳の時に修道女になりました。って、こんな話はどうでもいいですね」

そんな彼女と同じように、行くあてのないアニエスは、修道女になるために、まっ先に教会へとやって来た。それを止めたのが彼女だったのだ。

「修道女になれば、神にお仕えすることになるので、結婚はできません。……あんなにも優しくて、子ども達に好かれていたアニエスさんが一生結婚できないなんて、あんまりだと思いました」

けれど、アニエスの決意はしっかりと固まっていた。これから先の生涯、神に仕えると。

「でも、お慕いする方がいるのではと聞いたら、頬を染めて、俯いたんですよ」

アニエスには好きな人がいると思った修道女は、すぐに恋を成就させるのは難しいが、しばらく身の振り方を考えたらどうかと勧めた。

彼女（シスター）はアニエスに、自らの実家である『野山の山羊亭』で働かないかと話を持ちかける。

役に立たないかもしれないと言ったので、宿泊代を半額にして、代わりに働くのはどうかと提案したのだ。

「それで、つい先日、アニエスさんはお慕いする騎士様と出会い、手と手を取り合って宿を出たと」

「慕われてないし、手も繋いでねえ！」

「え？」

「い、いや、なんでもない」

修道女は興奮をしていたので、ベルナールの指摘を聞き逃していた。

危なかったと、ほっと胸を撫で下ろす。

「すみません、私ったら、喋りすぎてしまい……」

「構わん」

「このお話は、どうか内密に」

「ああ、口外するつもりはない」

「ありがとうございます」

「そちらも、誰かに言うなよ」

「ええ、もちろんです。神に誓って、この件については黙秘いたします」

外はすっかり暗くなっていた。最後の馬車の時間も迫っている。

アニエスについて書かれた週刊誌は、一言断ってから暖炉の中に投げ捨てた。

ベルナールは修道女に別れを告げ、馬車乗り場まで歩いて行く。

今日も吹く風は冷たい。

空を見上げれば、黒い雲が風に流れていた。

やはり、アニエスについて大きな誤解をしていたのかもしれないと、ベルナールは考える。

しかしながら、一つだけわからないことがあった。

五年前、どうしてアニエスはベルナールを蔑んだ目で見たのか。

実際にアニエスと接し、彼女を知る者から話を聞けば、他人を馬鹿にするような行為はあり得ないことだった。


いくら考えても、答えは出てこない。


それに先日アニエスが言っていた、ベルナールへのお礼の意味もわからないままだった。

手っ取り早く、本人に直接聞こうと、心に決めた。

第九話
金貨十枚

Plaie d'argent n'est pas mortelle.
お金の傷は死に至るものではない

最終便の馬車に揺られ、ベルナールは帰宅する。

頭の中の整理整頓はできていないのに、エリックが今日一日にあったことの報告をしてくる。

屋根の瓦は全体的に劣化をしているようで、張り替えが必要とのこと。屋根裏部屋の天井板と地面の床板も同様に。

「なんだよ、天井も張り替えるのかよ」

「虫が出ていたらしいです」

見積書を見て、思わず舌打ちをしてしまう。

「あと、屋根の素材ですが――」

同じ焼き土製（テラコッタ）の物に張り替えることになっていたが、塗料を塗る場合は別途で金がかかることが判明していた。

「元々、あの瓦は褐色（かっしょく）で、あとから青く塗っていたようです」

「そうだったのか」

この家は百年前――当時のオルレリアン家の奥方が童話に出てくるような家に住みたいと願い、白い壁に青い屋根の屋敷が完成したという経緯（いきさつ）があった。

「それで、同じような青の色合いで塗った場合、こちらのようになります」

「ん？」

追加の見積書がエリックより手渡される。その金額に、ベルナールは目を剥いた。

「なんだこりゃ！」

「青色塗料は高価なものらしいです」

「色塗りは必要ない」

「塗料を塗れば、多少は瓦が長持ちをするようですが」

「……いや、とりあえず、今はいい」

「承知いたしました」

現状、修繕費だけでかつかつなので、色塗りは特別報酬などが支給されたら行うことにした。

次に報告されたアニエスの医療費は、思った以上に少なかった。

「おい、医者への口止め金はどうした？」

「ドミニクの知り合いの女医を呼びました。口は堅いです」

「そうか……」

朝より熱は下がったものの食欲がなく、いまだ臥せたままだという。

今日のところは話など聞けそうにないと思った。

「それにしても酷いな、これは」

修繕費は総額で金貨十枚。ベルナールの給金二ヶ月分だった。

屋根の形が変わっていて、それに合う特別な瓦を取り寄せるため、代金が膨らんでいる。

「応相談で、分割払いもできるようです」

「一括で払え」

「承知いたしました」

エリックが部屋から出て行ったのを見送り、深い溜息を吐く。

毎月実家からの支援金もあるが、それは使用人の給料でほとんど消える。

なんとかやり繰りをするしかないと、腹を括(くく)った。

夕食前にさっぱりしようと、風呂場に向かう。途中、アニエスが休んでいる客間の前で立ち止まった。彼女の本当の姿が気になって堪(たま)らない。

五年前、ベルナールを睨んでいた理由だけでも、知りたいと思う。

しかしながら、独身女性の部屋に入って良いものかと逡巡(しゅんじゅん)する。が、自分は屋敷の主で、アニエスは従業員。なんの不都合もないことに気付いた。

幸い、周囲には人の気配がない。さっさと聞いて、さっさと出て行けばいいと思い、扉を開く。

居間は真っ暗だった。窓から差し込む月明りを頼りに、奥の寝室へと向かう。

一応、扉を叩いたが、返事はなし。

長居するのもどうかと思ったので、勝手に入ることにした。

寝室は寝台の側に置いている角灯が点いているだけだった。

「……おい」

ぼんやりと薄暗い空間に向けて、今度は扉の前から声をかけてみたが、ここでも返事はなかった。

このまま引き返すわけにもいかない。ずんずんと大股で寝台まで歩いて行く。

寝ているのを起こしてでも、五年前のことについて聞こうと思った。

寝台に横たわるアニエスを覗き込む。

灯りに照らされる顔は蒼白で、額にうっすらと汗が浮かんでいた。呼吸も苦しそうに見える。

「アニエス・レーヴェルジュ」

低い声で、名前を呼ぶ。

このような小さな声では目を覚まさないと思っていたのに、アニエスはうっすらと目を開いた。

開き直って部屋に入って来たのに、目が合えばドキリと胸が高鳴る。

とても悪いことをしているような気持ちになった。

残念ながら彼女の視線から、感情は窺（うかが）えない。

静かな部屋の中、しばらく見つめ合っていたが、アニエスより驚きの一言が発せられる。

「――ああ、お母様」

「は⁉」

「ずっと、お会いしたいと、思っていました」

アニエスは弱々しく震える手を、布団の中から差し出してくる。

ベルナールは信じられないという目で、見下ろしていた。

「お母、様……」

「いや、お前の母さんじゃねえよ」

ベルナールは勘違いを指摘しながらもアニエスの手首を掴み、雑な手つきで布団の中へとしまい込む。彼女の顔を近くで見れば、目付きが普段よりもとろんとしていて、意識が曖昧（あいまい）であることがわかった。

アニエスの母親は、幼少時にすでに亡くなっていると聞いていた。

眦には涙が浮かんでいて、なんだか気の毒に思ってしまう。

「……も、申しわけありません」

意識が戻ったのかと、アニエスの顔を覗き込んだ。

謝罪の意味を問いただそうとしたが、次なる一言は想定外のものであった。

「――お母様」

それを聞いたベルナールは、その場でずっこけそうになる。

アニエスの言葉は続く。

「まだ、そちらには行けません」

「逝くな、逝くな！」

うわ言に対し、突っ込みを入れてしまった。

「お前は、もう、寝ろ！」

そう言ったが、アニエスの話はまだ終わっていなかった。

「オルレリアン様に、ご恩を返してから、そちらに――」

「だ、だから、まだ逝くなっての！」

「いいから寝ろ」と命じ、胸の辺りにあった布団を肩まで上げて、ベルナールは寝室を出る。

廊下に誰もいないことを確認して、アニエスの部屋をあとにした。

ますます深まったアニエスの謎について、風呂に入りながら考える。

ベルナールへの恩とはなんなのか。記憶を遡ってみたが、まったく心当たりがない。

熱い湯を頭から被り、ガシガシと髪と体を洗って浴槽に浸かる。

——駄目だ、わからん。


とりあえず、アニエスへの追及は後回しにした。

翌日、ジジルよりアニエスの容態は快方に向かっていることが報告された。

本人は働く気でいるらしいが、念のため、まだ休ませておくように命じておく。

「旦那様、よろしいでしょうか？」

「ああ、好きにしろ」

「ありがとうございます」

「今日から屋根と屋根裏の修繕工事が始まるから、休めるような環境にないだろうがな」

「まあ、それは、仕方がないですよね」

しっかり面倒を見ておくように、ジジルに言っておく。

馬車の時間が迫っていたので、ベルナールは家を出た。

朝、ベルナールはラザールに頼まれていた用件について報告をした。
ここでアニエスについて言うべきなのか、迷ってしまう。だが、その一瞬の間に、ラザールは会議に行くと言って執務部屋から出て行った。

言う機会を逃したと焦（あせ）っていると、コンコンと戸を叩く音が聞えた。

扉を開けば、見知った顔だったので少しだけ驚いた。


——エルネスト・バルテレモン。


第二王子の親衛隊員で、侯爵家の次男。

勤務中に女の尻を追いかけ回す、最悪最低野郎だと記憶している。

最後に会ったのは三年前、第二王子主催のお茶会の会場、アニエスを東屋へと逃がした時だった。

驚いた顔を見せるベルナールに対し、エルネストは初めて会ったような挨拶をする。

恐らく三年前の出来事を忘れているのだろう。

「やあやあ、おはよう——」

「あ‼」

ふと、ベルナールは気付く。アニエスの言う恩とお礼とは、以前、追いかけてくるエルネストから逃がしてやったことだったのだ。謎が解けてすっきりする。

「君、いきなり大きな声を出して、驚くじゃないか！」

「ああ、すまなかった」

指摘を受けて我に返る。隊長の不在を告げたが、副隊長であるベルナールでいいと上から目線な言動をしつつ、勧めもしない長椅子に腰かける。

「それで、用事とは？」

「ああ、ちょっと人探しをして欲しいと思って」

机の上に一枚の紙が差し出される。

「――？」

そこには、男女の判別さえつかない、人っぽい何かの絵が描かれていた。紙の上部には、『彼女を見つけた者に、金貨十枚』と書かれている。

「これは――？」

「アニエス・レーヴェルジュの姿絵だ。私が書いた」

「は？」

紙をさらにベルナールの方に差し出しながら、彼女を探してくれないかと、尊大な様子で願う。

「報酬金も出る素晴らしい任務だ。名誉に思うといい」

「いや、つーかこれは、どこからの指示で？」

「私だ」

ありえないと思った。

個人の任務をどうして『特殊強襲第三部隊』が担わなければならないのかと。

「アニエス・レーヴェルジュを探して、どうする？」

「ああ、可哀想な彼女を囲い込んであげようと思ってね」

囲い込むとは、愛人にするという意味だ。ベルナールは信じがたい顔で、エルネストを見た。

「陛下より不興を買っているレーヴェルジュ家の娘を迎え入れることの危うさを、本当にわかっているのか？」

それは、ベルナール自身にも突き刺さる言葉であった。軽い気持ちで行っていいものではない。

「だからこその金貨十枚だよ」

「報酬及び、口止め料ということか？」

「そうだね。家の地下にでも隠していれば、見つかることもないだろう」

さらに、エルネストは耳寄りな情報があると言う。それは、彼が親衛隊内での人事の発言権を握っているというものだった。

「もしも、アニエス・レーヴェルジュを見つけてくれたら、金貨十枚と、昇進会議で推してやろう」

ただ、話はあまり広げないようにと注意される。同じ部隊でも、話をするのは五人以内にしてくれと偉そうな態度で言い放った。

「噂が広まったら、私も困るからね。ああ、そうだ」

エルネストは懐からお金の入った革袋を取り出した。

「これは？」

「任務を実行する上での口止め料だ」

本人を前に、深い溜息を吐く。

この件に関して、すべて隊長に一任することにして、エルネストに出て行ってもらうことにした。

「じゃあ、頼んだよ」

返事はせずに、黙って扉を閉めた。

第十話　騎士として

Vent au visage rend l'homme sage.

逆風は人を賢くする

昼休憩の鐘が鳴り響けば、訓練は一時中断となる。

ベルナールは昼食前に話がしたいとラザールに申し出ていた。二人で執務室に移動する。

「で、話とは」

「それが――」

貴重品入れの中からエルネストより預かった書類と、金の入った革袋を取り出した。

「なんだ、これは？」

「第二王子の親衛隊員、エルネスト・バルテレモン殿より、任務の依頼です」

訝(いぶか)し気な顔で受け取るラザール。書面を読み始めるとすぐに、眉間の皺は深くなった。

「いったいどういうつもりなんだ、彼は？」

「理解しかねます」

穏やかなラザールの、苛立っている様子を見たのは初めてだった。それも仕方がないと思う。

「レーヴェルジュ家のご令嬢を愛人にするなんて、信じられない。妻として娶(めと)る男気はないのか？」

「でしょうね」

そもそも、貴族が愛人を囲い込むというのは珍しい話ではない。だが、厳格な家で育ったラザールには、軽蔑(けいべつ)に値する行為だったのだ。当然ながら、ベルナールも同様の考えである。

「こうなるのであれば、もっと早く彼女に支援の手を差し伸べておけばよかった」

「仕方ないですよ」

アニエスの父が国王の不興を買っているのだ。その娘を助ければ、貴族社会の中で立場が悪くなってしまう。

「それで、どうしますか?」

「今からバルテレモン卿に話を聞きに行く。オルレリアン、君はどうする?」

「いいえ、俺はいいです」

話をしている最中に殴りたくなるので、というのは言わないでおいた。

「では、行ってくる」

「あ、隊長」

「なんだ?」

「昼食後に行かれてはどうですか?」

「いや、今から行く。……私はあまり気が長い方ではないんだ」

「左様で」

これ以上引き止めることはせずに、黙って見送った。あとは悪い方向にいかないことを祈るばかりである。

午後からの訓練を終え、就業後、執務室に向かった。

机の上には、隊長からの先に帰るという置き手紙があった。珍しいものだと思いながら、不要書類入れの中へと入れる。

事務仕事もすべて片付いていた。ベルナールも帰宅をすることにする。

廊下を歩いていれば、同期のお喋りな騎士、ジブリルと会った。彼も仕事終わりだと笑顔で言う。

互いに近況を語りつつ並んで歩いていたら、前方より供を大勢従えた人物がやって来ていた。

ベルナールとジブリルは上官だということに気付くと、壁際に寄って軽く頭を下げた。

すれ違いざま、足音と鎧と装備が重なり合う音がぴたりと止み、声をかけられる。

「――おや、君は、ベルナール・オルレリアンでは？」

顔を上げれば、まさかの大物に瞠目する。

――ヨハン・ブロンデル

騎士団のナンバー2で、実力、家柄、人格、カリスマ性と、上に立つ者に相応しい器を備えた人物であった。慕う者も多く、次期騎士団長になるのではと噂されている。

「最近、昇格したとのことで、おめでとうございます」

「はい、ありがとうございます」

「その年齢で副官になるとは、大変素晴らしいことです。これから騎士団は若い力が必要になります。オルレリアン卿、あなたにも、期待をしていますよ」

「もったいないお言葉です」

ブロンデルはベルナールの肩を叩き、その場を去った。

廊下が静寂に包まれたあと、ジブリルが大きく息を吐き出す。

「うわ、びっくりした！」

「ああ。まさか、お声をかけられるとは」

「凄いじゃんベルナール。名前を覚えてもらっていたなんて」

「記憶力が良いだけだろう」

「でも、こんなこと、なかなかないって！」

将来有望だなと、ジブリルは羨ましそうに呟いていた。

いつものように陽がどっぷり沈んだ時間に帰宅となる。

修繕工事が始まった屋敷の庭先には、資材が運び込まれていた。今は作業が終わっているので、布が被せられている。

家の中に入れば、ジジルが出迎えてくれた。

「おかえりなさいませ、旦那様」

「ああ」

「お疲れですね」

「まあな」

風呂の準備を頼み、脱いだ外套を渡しながら、私室に向かおうとする。

「ああ、旦那様」

「なんだ」

「アニエスさんが、お話しをしたいと言っているのですが」

「風邪は治ったのか？」

「はい」

だったら部屋に来るようにと命じた。

私室の長椅子に腰かけ、溜息を吐く。同時に話を聞ける状態までになったのかと、安堵する。

それから数分後に、アニエスはやって来た。控えめに叩かれた扉に向かって、入るように命じた。

アニエスは家から持参したと思われる、上品な青いワンピースを纏っていた。

長椅子に腰かけるよう勧めれば、深々と頭を下げ、今度はきちんと対面する位置に座った。

「お忙しいところ、お時間を作ってくださり――」

「前置きはいい。で、何用なんだ？」

「あ、はい。その、お礼を、と思いまして」

喋り始めた直後、扉が叩かれる。ジジルがお茶を持って来ていた。

「ジジルさん、お茶は、わたくしが」

「そうですか？」

「はい。お任せください」

アニエスは銀盆を受け取る。

少しだけふらつき、ジジルはギョッとしながら、とっさに盆を支えた。

「ちょっと、大丈夫⁉」

「ええ、平気、です」

銀盆の上には紅茶の入ったポットにカップ、ソーサー、砂糖とミルクの壺、クッキーの載った皿があるばかり。それを持ったくらいでふらついていたのだ。

なんて非力な女だと、ベルナールは呆れながら見てしまう。

「アニエスさん、旦那様の紅茶はミルク一杯に砂糖三杯だから」

「はい、わかりました」

唐突に甘党なのがバレてしまった。ベルナールは恥ずかしくなる。

羞恥で顔を歪(ゆが)めている間に、茶器はテーブルの上に並べられていた。

アニエスは真剣な顔でカップに紅茶を注いでいる。

次に、ミルクと砂糖を入れる。アニエスは小さな壺を持ち上げ、すっと目を細める。

その表情は、五年前、宮廷舞踏会の場でベルナールを見ていた表情とまったく同じだった。

「お、お前‼」

ベルナールはテーブルをバンと叩いて立ち上がる。

「えっ⁉」

アニエスは、びっくりして、手にしていた壺を落としてしまった。

幸いにも、中身の砂糖はクッキーの載った皿の上にこぼれただけですんだ。

テーブルの状態を、アニエスは目を細めて見下ろしている。

それは、人を蔑むような、きつい眼差し。

視線を向けている相手はベルナールではなく、テーブルの上の散らばった砂糖。

中身がすべてこぼれているのを確認すれば、眉尻を下げ、申しわけなさそうな顔でベルナールを見上げる。

「ご、ごめんなさい」

「……そんなことはどうでもいい。質問に答えろ」

「は、はい？」

思えば、契約書を書く時もそうだった。

物を持って、目を細める理由は一つしかない。

緊張の面持ちで問いかける。

「――お前、もしかして目が悪いのか？」

アニエスは目を見開く。そして、気まずそうに顔を伏せ、ゆっくりと頷いた。

ベルナールはすとんと、長椅子に座る。それは、彼女の言動と行動のすべてが腑に落ちたのと同時だった。


アニエス・レーヴェルジュは、ベルナールを見下していたわけじゃなかった。


遠くにいた人の顔を、目を窄（すぼ）めて見ただけなのだ。

長年の勘違いが今、発覚した。

「いつか、申し出ようと思っていたのですが……」

「いや、いい」

理由はわかったのに、頭の理解が追いついていなかった。

勝手な勘違いのせいで、アニエスを使用人として雇うなど、とんでもないことをしてしまった。

思わず頭を抱えてしまう。

彼女はやはり、ラザールに引き渡すべきだったと、後悔が押し寄せる。

ベルナールが苦渋（くじゅう）の表情を浮かべるのを見て、アニエスはまさかの行動に出る。

突然立ち上がったと思えば、ベルナールの前にやって来て、床の上に膝を突いたのだ。

「オルレリアン様！」

胸の前で両手を組み、懇願するように言う。

「お願いです。どうか、このままわたくしをここに置いてください」

「はあ⁉」

「確かに、あまり目は良くありませんし、召使いの仕事も慣れていませんが、精一杯頑張ります！」

「いや、そうは言っても」

「オルレリアン様から受けたご恩を、お返ししたいのです。そ、それに、ここ以外、行くあてもありませんし……」

震える声で訴え、じわりと涙を浮かべるアニエス。ベルナールは自分が悪者になったように思えてきた。どうすればいいのかと考えるが、混乱した頭では答えなど浮かんでこない。

「……しばらく、考えさせてくれ」

「はい。我儘（わがまま）を言って、申しわけありませんでした」

早急に答えを出すべきではないと思い、乞（こ）われた願いは一時保留とした。

アニエスはテーブルの上を片付けて盆を持ち、一礼して部屋を出て行く。

ベルナールは閉ざされていた扉を、呆然といつまでも眺めていた。

答えが出ないまま、新しい朝を迎える。

いつものように身支度を整え、朝食を取り、仕事に出かけた。

朝一で上司に話を聞きに行く。

執務室の扉を開けば机に両肘を突き、顎の下で手を組んだラザールの姿があった。その表情は険しいものである。

昨日、どうだったかなんてとても聞けるような雰囲気ではなかった。だが、ベルナールが入って来たのを確認すれば、勝手に話し始める。

「おはよう」

「おはようございます」

「さっそくだが、昨日、エルネスト・バルテレモンに、話を聞いてきた」

「はい」

「アニエス・レーヴェルジュ捜索の件を、受けることになった」

「え⁉」

てっきり断ってきたものだと思っていたので、ベルナールは驚愕する。

いったいどうしたのだろうかと、話の続きを待った。

「一言で表せば、バルテレモン卿は下種野郎だ」

「それは――同意です」

ラザールはエルネストの人となりをきちんと理解していた。ならば、どうして話を受けたのか。ますます謎が深まる。

まず、どうしてラザール率いる『特殊強襲第三部隊』に依頼をしたのか聞いたらしい。返ってきた答えは呆れたものであった。

「あいつ、うちの部隊を暇潰しで訓練をしているだけの部隊と言いやがった」

「……酷いですね」

数ある特殊強襲部隊の中でも、少数部隊で暇なラザールの隊を敢えて選んだ、と言っていたと。

「一応、国王にバレることは恐れている」

「みたいですね」

「まだ、うちの部隊以外に依頼は出していないらしい。当然ながら、個人の金を使って騎士を動かすことは規則で禁じられている。だが、断れば、バルテレモン卿は他の騎士に頼むだろう」

「もしかして、他の者にアニエス・レーヴェルジュの捜索をさせないために、受けたのですか？」

「そうだ」

話を受けた振りをして、実際は捜索を行わずに放置する。それが狙いだった。

ラザールは金と地位に目が眩んだわけではなかったのでホッとしたが、すぐに他の問題に気付く。

「もしも、この件に絡んでいることが騎士団の上層部にバレたら――」

「私は良くて降格、悪くて騎士の身分を取り上げられるだろう」

「!?」

エルネスト・バルテレモンが持ってきた書類と金を、上層部に報告すれば済む話だったのではと、ベルナールは指摘する。

「そうだな。そうすれば、腐った騎士はいなくなり、親衛隊も安泰になる。だが、アニエス・レーヴェルジュの名誉はどうする？」

「それは――」

侯爵家の次男が騎士団の特別裁判にかけられるとなれば、その理由が暴かれるのは時間の問題だ。

そうなれば、アニエスを愛人として迎え、地下に閉じ込める予定だったという噂は瞬く間に広がるだろうと、ラザールは予測していたのだ。

「私は彼女を助けることはできない。だからせめて、名誉を守るくらいはしたいと――」

ベルナールは信じがたい気持ちでラザールの話を聞く。

そして、最大の疑問を口にした。

「隊長は、ただの他人のために、どうしてそこまで？」

「騎士とはそういう存在（もの）だろう」

「！」


――『弱き者を助け、礼儀を重んじ、悪を打ちのめす』

騎士の教えが、ずっしりと重たく胸の中に響く。

ベルナールは激しい鼓動を打つ場所を、ぐっと押さえ込んだ。

このままでは心臓が保たない。同時に、心の状態も不安定なままだ。

心身の健康のため、この事件は早期に解決しなければと、決意を新たにする。

第十一話　子猫と子猫と子熊!?

Quand le chat se débarbouille bientôt le temps se brouille.

猫が顔を洗うと
まもなく雲行きが
怪しくなる

この一件について、一人で抱えるには、あまりにも大きな問題であった。ベルナールは迷いながらも、ラザールに悩みがあることを打ち明ける。

「――隊長」

「なんだ？」

「相談が、あるんです」

深刻な顔で言うので、ラザールは終業後にゆっくり聞こうかと提案してくれる。

「いえ、その、もう少し、考えたいので、後日あらためて聞いてもらいたいなと」

「わかった。いつでも聞こう」

「ありがとうございます」

報告は早い方がいいとわかっていたものの、気持ちの整理ができていない状態で相談するのもどうかと思った。ラザールにも、そう伝える。

「気にすることはない。迷っている状態で相談をするのは間違いではないが、最終的に事を決めるのは自分だ。ある程度、事前に問題について考えるのもいいだろう」

だが、あまり根(こん)を詰めないようにと注意された。

終業の鐘が鳴れば、騎士達は帰宅をしていく。仕事を終えていたベルナールも、人の波を流れるようにして、家路に就く。

空は曇天。風があって、黒い雲がどんどん流れていた。雨が降り出すのも時間の問題かと、空を仰ぎながら思う。

早足で馬車乗り場まで歩いていたが、突然強い雨が降り出してしまった。

雨に濡れた状態で馬車に乗り込むと、他の乗客に白い目で見られる。過去に何度かそういう経験があったベルナールは、閉店した本屋の日除けの下で雨宿りすることにした。

しかし、小降りだった雨は、だんだんと大降りになる。

そういえばジジルが朝、傘を持った方がいいと勧めていたのを思い出した。

朝は雲一つない晴天だったので、大丈夫だろうと断ったのだ。

ベルナールの母親は、「彼女の言うことはすべて間違いないので、素直に聞いておくように」と、口を酸っぱくして言っていた。その言葉が今になって身に染みる。

幸い、この季節の雨は突然降っては止むことを繰り返す。長い間降ることはない。なので、すぐに晴れるだろうと、本屋の前で待つことにした。

期待通り、勢いがあった雨もだんだんと小降りになる。

これくらいの勢いならば、あまり濡れることなく馬車に乗り込むことが可能だ。外套を頭の上から被ればいいと思い、一番上のボタンを外していたら、背後より何かの鳴き声が聞こえてきた。

――ミャア、ミャア

それは、弱々しい猫の鳴き声であった。

周囲を見渡すと、本屋の手押し車の下に箱に入った子猫がいた。今まで大きな雨音で、泣き声は聞こえていなかったのだ。

しゃがみ込んで覗き込めば、酷くやせ細った猫と目が合う。ふるふると震えながら、助けを求めるように鳴いてくる。

体は泥で薄汚れていて、眦（まなじり）には目ヤニが溜まっており、目は半開きとなっている。

一目で捨てられている子猫であることがわかった。

雨の中、人通りはほとんどない。ここ数日、夜は酷く冷え込んでいる。

このまま置いて帰れば、子猫がどうなるかは、ベルナールにもよくわかっていた。


――ミャア、ミャア！


子猫は必死になって何かを訴えている。空腹だか、寒さだか、ベルナールにはわからない。

その様子は、見ていて胸が締めつけられるようだった。

子猫は澄んだ青い目をしていた。よく見れば、毛並みは金色。

箱に前脚をかけ、ミャアミャアと鳴いている姿は、昨晩、ベルナールに縋ったアニエスにとても似ていた。

子猫を前に、頭を抱えるベルナール。選択を迫られていた。

いつの間にか、雨は止み、空からは少しだけ夕日が差し込む。

「——クソ‼」

ベルナールは外套を脱いで箱から子猫を抱き上げて包み、立ち上がる。

それから、一気に馬車乗り場まで走って行った。

子猫は馬車の中では静かだった。案外空気が読める猫だったと、ベルナールは安堵する。

家に辿り着くまでの足取りは重く、のろのろと玄関まで向かう。

扉を開けば、アニエスが出迎えていた。

「おかえりなさいませ、ご主人様」

「……ああ」

ベルナールとアニエスの表情は暗かった。

互いに言いたいことがあるのだが、言葉を発することなく見つめ合っている。

やはりアニエスの潤んでいるような『高貴な青（ノーブルアジュール）』の目は、先ほどの捨てられた子猫と同じに見えた。そこから滲み出ている感情を読み取ることは、ベルナールには難しいことである。

しかしながら、わかりやすい点もあった。

子猫もアニエスも、ベルナールにとっては『弱き者』、という揺るがない事実。

騎士である彼が取るべき行動は、実に単純だった。そう意識した瞬間に、腹を括る。

「おい」

「はい？」

ベルナールは外套に包んでいた子猫を見せ、そのままアニエスに差し出した。

「今日から、お前の仕事は子猫の世話係だ」

はっと、目を見開くアニエス。言葉の意味を察し、驚いていたのだ。

「わからないことはジジルに聞け。昔、猫を飼っていたから」

「あ、あの、わたくし、は」

呆然とベルナールを見上げるアニエスに、外套ごと子猫を押し付ける。

彼女は渡された子猫をしっかりと受け取り、聞いてくる。

「ほ、本当に、ここにいても、よろしいの、でしょうか？」

「好きにしろ」

「あ、ありがとう、ございます」

「ただし一つだけ、条件がある。契約書になかったことだが――」

追加で出された条件は、アニエスにとって驚くべきものであった。

それは、街への外出を禁じるというもの。

「これが守れないようであれば――」

「はい、問題ありません」

アニエスの答えは即決だった。潤んでいた目はいつの間にかキラキラと輝いている。

あっさりと決めるのでベルナールの方が驚いてしまうが、子猫の鳴き声が聞こえ、我に返った。

「も、もしも破ったら、即解雇だ」

「はい」

この深い森の中へやって来る物好きはほとんどいない。屋敷から出なかったら、見つかることも

ないだろうと考えている。

「ご主人様、本当に、ありがとうございます」

「いいから、猫をジジルに診てもらえ」

「わかりました」

ぺこりとお辞儀をして、アニエスは玄関から去って行く。最後に見せた表情は、晴れ晴れとしたものだった。その後ろ姿を、複雑な心境で見送る。


夕食後、ジジルより子猫について報告があった。

「健康面とか大丈夫なのか？」

「ええ、乳離れをしていたので」

生後一ヶ月ほどで、歯も生えており、離乳食を食べられる状態にあるという。

しばらく世話をしていれば、問題なく育つ状態だそうだ。

「あいつには、しばらく猫の世話でもさせておけ」

「承知いたしました」

名前はどうするかと聞かれたが、そういうことは苦手なので、命名も任せることにした。ついでにアニエスを正式に雇うことに決めたことを話す。

それから、彼女について誰に何を聞かれても、情報を外に漏らさないようにと命じた。

「……でしょうね。レーヴェルジュ家は世間では時の人ですから」

「頼んだぞ」

「ええ。家族にも、よくよく言い聞かせておきます」

　最後に、ベルナールはジジルに質問をする。

「もしもの話だが、ある日突然騎士の位が剥奪(はくだつ)されて、家からも勘当(かんどう)。王都を追い出されることになったら、お前達はどうする？」

　ジジルは問いかけに対し。目を丸くする。だが、それもすぐに笑顔に変わった。

「だったら、田舎でお店を開きましょうよ。辺境食堂『子猫と子熊亭』とか、どうでしょう？」

「なんでだよ」

「旦那様が森で仕留めた獣の肉を使い、アレンが料理を出すんです。野菜はドミニクが育てたのを使って、そうだ！　給仕はエリックに任せましょう。お昼は喫茶にして、キャロルとセリアが作ったお菓子をお客様にお出しする。可愛らしい看板娘がいるのもいいですね。……なんてことを考えたら、楽しそうじゃないですか？」

「随分と前向きだな」

「人生、なるようにしかならないですからね。楽しくも短い生涯です。悲観的に考えると損をしますよ！」

　今まで悩んでいたのが馬鹿らしくなり、盛大な溜息を吐いた。

　——人生、なるようにしかならない。悲観すると損をする。

　それはベルナールの心に、深く響いた。

第十二話

ふわふわには夢が詰まっている

Quand le
vin est tiré,
il faut le boire.

毒を喰らわば
皿まで

翌日、終業後にベルナールはラザールにアニエスのことを報告することにした。

ラザールはただただ驚いていたが、同時に良かったと言って、安堵の息を吐く。

「早く報告すべきだとは思っていたのですが……」

「まあ、判断としては間違っていない」

ベルナールは『強襲第三部隊』に配属されて二ヶ月ほど。信頼関係が築かれるには、微妙な期間であった。

「――彼女は責任を持って、家で保護します」

その言葉に、ラザールはしっかりと頷いた。

「オルレリアンの家は王都の郊外だったか？」

「はい。森の奥にあるので、よほどのことがない限り、見つかることはないと」

「わかった。いろいろと大変だろうが、何か問題があれば私も手を貸す」

「ありがとうございます」

張り詰めていた心が、少しだけ解（ほぐ）れたような気がする。

ベルナールが思っていた以上に、この問題を一人で抱え込むのは重荷だったと自覚する。ひとまず、ホッと胸を撫で下ろした。だが、話はこれで終わりではない。

「それともう一つ」

「なんだ？」

「エルネスト・バルテレモンの規律違反の件です」

「ああ、それか」

　もしもエルネスト・バルテレモンより依頼を受けたことが露見した場合、責任のすべてはベルナールが負うことを告げた。

「その話は聞けない」

「ですが……」

「責任を負うのがどちらにしても、私は確実に処罰される。それにバルテレモン卿のことは見逃すわけではない」

「それは、どういう――」

　かねてより、エルネスト・バルテレモンには黒い噂があったと言うのだ。調査を重ね、アニエスとは別件で告発できればとラザールは考えている。

「バルテレモン卿も、刑期を増やすようなことは喋らないだろう」

「それは、まあ、確かに。情報にあては？」

「あると言えばあるし、ないと言えばない」

「？」

「まあ、この件に関しては私に任せておけ。もしかしたら、用事を頼むこともあるだろうから、その時は頼む」

「よくわからないですが、承知いたしました」

とりあえず、アニエスについてはベルナールが、エルネストについてはラザールがなんとかするという話でまとまった。


子猫の世話係を命じられたアニエスは、初めての猫の子育てに挑戦していた。

まず、ジジルに猫のお世話の方法について習う。

「──と、こんな感じだけど、大丈夫？」

「は、はい。頑張ります」

「わからないことがあったらいつでも聞いてね」

「ありがとうございます」

ジジルは明日、猫を獣医に連れて行くとアニエスに伝えた。

「獣医とは、動物のお医者様ですか？」

「ええ、そう」

半世紀ほど前、家庭で飼っていた犬や猫の中で疫病が広まった。動物から人への感染を恐れたのをきっかけに、この国でも獣医学というものが広まったのだ。

今まで愛玩動物（あいがんどうぶつ）の飼育を禁じられていたアニエスは、感心しながらジジルの話を聞く。

「目もね、綺麗に治るから」

「良かったです」

「だから、安心してね」

「はい！」

最後に、猫の名前を決めるように言われる。

「旦那様が、是非にと」

「えっと、はい。頑張って考えます」

「よろしくね」

その日の勤務はこれで終わりだと告げられる。

アニエスは熱が下がったので、使用人用の部屋への移動を希望したが、現在すぐに休めるような場所はないので、そのまま猫と共に客室を使うように言われた。


翌日、朝一でドミニクが猫を獣医に連れて行った。そこで目に薬を打ち、体を清潔にしてもらう。

診察の結果、痩せ細ってはいるものの、健康体だということがわかった。

帰って来た子猫は、目はまだ半開きだったものの、金色の毛がフワフワで清潔な状態になっていた。名前は一晩考えていたが、決めかねている状態だった。だが、じっくりと猫の姿を見れば、突然思い浮かぶ。

命名、ミエル。

Miel（ミエル）＝蜂蜜という意味で、似たような色合いの毛並みをしているので、そう名付けた。

食事は一日に三回～五回。白身魚やササミをくたくたになるまで煮込んだものを与える。

はじめ、子猫は皿にある餌を口にしなかった。ジジルの助言を受け、指先でササミを掬（すく）って鼻先に近づけると、ようやくぺろぺろと舐め始めた。

満腹になって眠る子猫は安心しきったような顔で、柔らかな毛布に包まって眠っている。

子猫の世話がひと段落したところで、ジジルの手伝いに行く。

今日はシーツを庭に干す仕事だ。

「アニエスさん、準備はいい？」

「はい」

「いっせいの～で、よいっしょっと」

「――あっ！」

大きなシーツを二人で持って竿にかけた瞬間、アニエスの服に異変が起こる。

ブチリと鳴った音の正体に気付いたアニエスは、慌ててその場にしゃがみ込んだ。

「あれ、どうしたの？」

「す、すみません！」

涙目でジジルの顔を見上げるアニエスは、胸元を強く押さえ込んでいた。

話を聞けば、ワンピースの胸辺りにあるボタンが外れてしまったと、頬を染めながら告げる。

彼女の纏うお仕着せは嫁に行ったジジルの長女、アンナの物だった。背丈がほとんど変わらなかったので、大丈夫かとジジルは思っていたが、別の問題が発覚してしまった。

エプロンがあるのでギリギリ前が開けて（はだ）いる様子はわからない。一旦着替えるために、アニエスはジジルと共に部屋に戻った。

「お仕着せは他にもあるけれど、寸法が合っていないのならば意味がないわね」

「本当に、申しわけないと」

持参したワンピースにエプロンを付けて働くことは許されるかと、アニエスは質問をする。

「汚れるかもしれないけれど、いいの？」

「はい。何枚か、動きやすい服がありますので」

下町の服屋で買ったワンピースは、安価で動きやすかった。枯れ木色だし、汚れも目立たない。

衣装入れに吊るされていたワンピースを取り出し、ボタンが外れたお仕着せを脱ぐ。

「――え、何それ⁉」

ジジルはアニエスの下着姿を見て驚愕する。

彼女が身に纏っていたのは、胸を圧迫するような矯正下着（コルセット）だった。

「最近の貴族令嬢って、こんな下着を着けているの？」

「え？　はい。一般的な物かと……？」

社交界の流行は胸元から腰にかけての、すらりとした細身のシルエットを作り出すことだった。

そのため必須な胸を潰して腰を絞る矯正（きょうせい）用の下着は、貴族令嬢ならば誰でも着用をしている。

「胸を潰しても、厚みがあったから、ボタンが外れたと」

「え、ええ、そう、ですね。お恥ずかしい話ですが」

恥ずかしそうにしているアニエスを見ながら、貴族の美意識は理解できないと、ジジルは呆れる。

「アニエスさんその下着、止めない？」

「え？」

「だって、きついでしょう？」

「ええ、ですが――」

アニエスは目を伏せて頬を紅く染めながら、大変な肉の付き方をしているのだと告白する。

「そんなことないって」

「ですが、同じ年頃の女性達は、とてもすっきりしていて」

「いやあ、女の子はすっきりがいいかもしれないけれど、男の人はむっちりの方が……いいえ、なんでもないわ」

　きょとんとするアニエス。ジジルははあと溜息を吐いた。

　ジジルは女性達の流行と、男性の好みが大きくズレている点に関しては、指摘をしないでおき、目前の問題解決を優先する。

「他の下着は？」

「四枚ほど……」

　ジジルは形状など確認したが、残念なことにどれも同じような意匠(デザイン)だった。

「アニエスさん、下着を新調しないといけないわ」

「そ、そんな！」

「体に負担がかかる下着を着けたままじゃ、しっかり働けないと思うの」

　愕然(がくぜん)とした表情を浮かべ、がっくりと肩を落とすアニエス。

　かなりの衝撃を受けたようだが、すぐに腹を括り決意を示す。

「はい。わかりました。……自らの恥よりも、ここでお役に立てることを、優先いたします」

「ごめんなさいね」

「いいえ、わたくしこそ、我儘を言ってしまい、申しわけありませんでした」

　アニエスが下着姿になったついでに、寸法を図ることにする。

帰宅したベルナールを、エリックが迎えた。

珍しいことに、背後には彼の双子の妹である、キャロルとセリアがいた。

「お前ら、何か企んでないか？」

「そんなことないよ！」

「そんなことないって！」

双子の姉妹は、エリックが一日の報告をする場にもついて来た。

「――それで、新しいお仕着せの話ですが」

アニエスと、成長期で寸法が合わなくなったキャロルとセリアのお仕着せを注文する話になった。

「旦那様、お願いがあるの！」

「欲しいお仕着せがあって！」

「はあ？」

素早く机の上に、お仕着せの商品目録（カタログ）が広げられた。

「パフスリのお仕着せを買ってください！」

「頑張って、働くから！」

「なんだ、ぱふすりって」

パフスリ――それは袖口がふんわりと膨らんだ服のことで、正式名称はパフスリーブ。

近年の女性使用人はパフスリーブのお仕着せを着ている場合が多い。

欲しがる理由を聞けば、見た目が可愛いからだと主張する。

ジジルはそんな服は必要ないと言っているらしい。エリックに泣きついた姉妹は、ベルナールに頼み込めばいいという悪知恵を仕入れて、帰りを待っていたのだ。

「お前らなあ、今日も朝、髪の毛のことでジジルに怒られていたじゃねえか」

姉妹の学校は、規則で派手な髪型は禁止と決まっていた。母親（ジジル）に三つ編みのおさげにして行くように言われていたが、ダサいと言って頭の高い位置に二つ結びにしていたのだ。

「明日から、毎日おさげで登校するから！」

「ゆる編みじゃなくて、きっちり編むから！」

二人の猛攻を受けている間にふと、垢抜けたアニエスを目立たなくさせる方法を思いつく。

おさげの三つ編みにすれば、多少の時代遅れ感や野暮ったさを演出できるのではと。

「それだ！」

「え、いいの？」

「わ、いいんだ！」

「ヤッター！」と喜ぶ双子の声で、ハッとなる。

アニエスの変装に対しての言葉であったが、キャロルとセリアに勘違いをさせてしまった。

でもまあいいかと思い、パフスリーブのお仕着せを許すことにした。

第十三話

彼女が近眼になったわけ

Faute avouée
est à moitié
pardonnée.

告白された過ちは
半分許されている

キャロルとセリアは、ベルナールの執務机の上に置いた商品目録（カタログ）のお仕着せを見ながら、あれじゃない、これじゃないと選び始めた。

「お前ら、自分の部屋で選べよ」

「だって、旦那様が好きな意匠（デザイン）がいいでしょう?」

「可愛いのと、大人っぽいのと、どっちがいい?」

「お前らの服装なんか、死ぬほどどうでもいい」

「酷い！」

「酷すぎる！」

非難轟々（ひなんごうごう）に耐えきれず、渋々と商品目録に視線を落とした。

袖の膨らみ（パフスリーブ）のお仕着せは、裾の長さは普段纏っているものよりも少しだけ短い。ふんわりと広がるスカートは最先端の意匠で、付属のエプロンの肩や裾にはフリルが付いていた。全体的にぐっと華やかな印象がある。

「なんだよ、これ。スカートも短いし、チャラチャラした服装だな」

「最近は、これが流行りなのですよ！」

「スカートが長いと掃除の時、邪魔なのですよ！」

「そ、そうかよ」

双子の勢いに圧倒されるベルナール。

散々盛り上がったあとで、エリックが妹達の暴走を注意した。

「キャロル、セリア、旦那様にそのような口を聞いてはいけません」

「はあ～い」

「わかりましたあ～」

「お前、妹に注意するのが遅いんだよ」

「申しわけありませんでした」

しれっとした表情でエリックは謝罪し、キャロルとセリアに下がるよう命じる。

エリックは不機嫌顔となった主人に、アニエスのお仕着せはどうするかと聞いてきた。

「いや、どれでもいい――」

女性の格好など口出しすべきではないと思い、いつもどおりジジルに任せようとしてた。が、アニエスが『パフスリーブとやら』を着れば、垢抜けてしまうことに気付く。ベルナールはパラパラとページを捲り、最後のページにあった丈が長く、普段ジジル達が着ている服よりも古めかしい、老婆が纏っている絵のお仕着せを指差す。

「あいつのお仕着せはこれにしろ」

エリックは商品目録の絵を覗き込み、目を細める。「こんな野暮ったい服を頼むのですか？」と訊ねたいような表情だった。

「何か文句があるのか？」

「いいえ。では、そちらを発注しておきます」

「頼んだぞ」

「お任せを」

これで仮にアニエスが客人などに見つかっても、地味で垢抜けない女中（メイド）にしか見えないだろう。

「旦那様」

「なんだ？」

「アニエス・レーヴェルジュが、今日一日の報告をしたいと」

「ああ、子猫の世話係のレーヴェルジュな。呼んで来い」

「かしこまりました」

しばらく待てば、控えめに扉が叩かれる。

ベルナールは執務机からテーブルのある長椅子に移動し、腰かけて返事をした。

籠を手にしたアニエスが、ゆっくりと部屋に入って来る。

「ご主人様、おかえりなさいませ」

「ああ」

長椅子に座るように命じれば、貴族令嬢の綺麗なお辞儀をしてゆっくりと腰かけた。

勤務時間ではないからか、自前と思われる白のワンピースを着ている。

役目を得て安心したのか、表情は穏やか。

すっかり調子を取り戻したからか、顔色も良く、髪も艶々（つやつや）と輝いていた。

なんでこのような上品なご令嬢が家にいるのかと、疑問に思うベルナール。

とりあえず、今日のところは考えることを放棄した。

「お疲れのところ、申しわけないです」

「いや、別に疲れてない」

「左様でございましたか。わたくしったら、気が利かずに……」

そこで、会話が途絶えた。なんとも言えない気まずい空気が二人の間に流れている。

アニエスはかける言葉が見つからなかったようで、膝の上にあった籠を僅かに上げて「猫です」とだけ言った。「だからなんだ」と言う返しを、ベルナールは口から出る寸前に呑み込む。

「あの、名前、決まりました。ミエルといいます」

「蜂蜜（ミエル）、か」

「はい」

アニエスは一日の子猫の様子を語っていく。彼女にとってはかなり充実した時間を過ごしたようだった。お嬢様には使用人の仕事などできないと思っていたので、ちょうどいい役目があったものだと、楽しそうに語るアニエスをぼんやりと眺めていた。

「あ、契約書」

外出禁止を付け足した契約書を新たに作っていたのだ。もう一度、署名をしてもらおうと執務机から持って来る。

「それは？」

「新しい契約内容を追加したものだ」

ペンとインクの壺は机の上に置き、まず契約書だけ差し出した。

アニエスは籠に入っている猫を隣に置いて書類を受け取る。顔前に紙を持っていき、しっかりと内容を読み込んでいく。読み終えたら契約書をテーブルの上に置き、目を細める。ペンと壺の位置を把握してから、手に取っていた。

「お前さあ……」

「はい？」

「なんで目が悪いんだ？」

パチパチと瞬き、ベルナールの顔を見るアニエス。

一拍置いてから、質問の意味を理解すると、頬をカッと紅く染める。

「そ、それは、その、お恥ずかしい話なのですが……」

「言いたくなければ言わなくてもいいが」

「い、いいえ、聞いて、いただけますか？」

アニエスは懺悔をするように、ポツリポツリと語り始める。

「実は、暗いお部屋で本を読んでいたら、視力が落ちてしまい……」

「なんでそんな状態で本を読んでいたんだよ」

「それは――父や使用人から隠れて読むためです」

アニエスは夜、本を読むことだけが日々の楽しみだったと話し出す。

――最初は母親が亡くなったあとの、父親の変化がきっかけだった。

今までアニエスに対して何も言っていなかったのに突然、王族との結婚を目論みだしたのだ。

当時のアニエスは十二歳。

貴族子女が行うべき教育課程はひととおり終えていたが、王族に嫁ぐために学ばなければならないことは山のようにある。それを社交界デビューの三年後までに終えるよう、強要したのだ。当然ながら、短期間で終わる量ではない。

毎日代わる代わる家庭教師が出入りし、アニエスは勉強三昧となった。

唯一、心が休まる時は孤児院へ出かける時だけだった。

社交界デビューが近づけば、アニエスへの教育は朝から晩までと、わずかな暇もないほどに予定が詰め込まれていた。

無理がある毎日と父親からの圧力が心労となり、とうとう夜、眠れなくなってしまう。

救いは、孤児院への訪問は父親から続けて行くようにと、命じられていたことだった。

「追い詰められたわたくしは、孤児院の修道女様に、不眠であると相談をしたのです……」

孤児院にいた明るい修道女が勧めてくれたのは、街で流行っている小説だった。

寝る前に読めば眠くなると言って、たくさんの本を貸してくれた。

アニエスにとって、物語の自由な世界は驚きの連続だった。

冒険ものに、友情もの、喜劇など、様々な本を修道女より借りて読む。

どれも子どもが読むような本だったが、夢と希望にあふれた心躍る内容だったのだ。

「小説を、暗い部屋で読んでいたと」

コクリと頷くアニエス。社交界デビューをする年には、すっかり目が悪くなっていた。

「社交界デビューの前夜まで、とある冒険小説に夢中になっていて」

「何を読んでいたんだよ」

「『熊騎士の大冒険』、というものを」

熊騎士の大冒険――一番気に入っている本だと語る。

それは鎧を纏い、剣を佩いた熊と猫のお姫様の冒険物語であった。

ベルナールと出会った時、付添人から『熊のように強い男』という名の騎士だと聞いたアニエスは、熊騎士だと思って嬉しくなった。

どんな人物なのかと気になり、目を細めて姿を確認した。

視界の中で見えたのは、背が高くて背筋がピンと伸びた、同年代の少年。優しい目に茶色い髪を持つベルナールは、物語の中に出てくる熊騎士のように見えた。

「お話ししたいと思ったのですが、オルレリアン様はすぐにいなくなってしまい……」

「勘違いをしていたからな」

「勘違い、を？」

「ああ。お前が目を細めた時、馬鹿にされたと思ったんだよ」

「そ、そんな、どうして？」

「やっぱり、気付いていないのだな」

ベルナールはアニエスに説明する。

目を窄める行為は、人を蔑み、睨んでいるように見えると。

事実を聞いたアニエスは、衝撃を受け、しばらく呆然としたのちに、消え入りそうな声で、「申しわけありませんでした」と謝罪をする。悪気はまったくなかったとも。

「ずっと眼鏡をと、思っていたのですが、目が悪くなったことを父に怒られるのが、怖くて」

「まあ、女で眼鏡かけている奴なんかいないからな」

眼鏡をかけるのは、中高年の男性ばかりだった。高価な品で、眼鏡自体にも重量があり、女性がかけるには負担が大きいという理由もある。騎士団では事務員がかけていたようなと、記憶を蘇らせた。事務員の分厚いレンズが二枚並んだ眼鏡は、とても快適な品物には見えなかった。

「結局言い出せないままこのような身分となり、手の届かない品物となってしまいましたが」

アニエスは「自業自得です」と寂しそうに呟いていた。

第十四話　新たなる大問題

Il faut qu'une porte soit ouverte ou fermée.

旗幟を鮮明にせよ

本日のベルナールは休日――にもかかわらず早起きして身支度を整え、枕元に置いていた剣を掴んで外に出る。雪こそ降っていなかったが、吹く風は肌に突き刺さるほどに冷たい。

薄暗い中、庭師のドミニクは早朝からせっせと働いていた。

「おはよう、ドミニク。相変わらず早いな」

帽子を上げ、会釈をするドミニク。屋敷で一番の大男は、薪（まき）を担（かつ）いで裏庭に向かっていた。

ふいに、風がびゅうびゅうと強くなる。

敢えて向かい風となるような位置に立ち、剣を抜いて素振りを始めた。

ひゅん、ひゅんと重たい音が庭に響き渡る。回数などは数えていないが、陽が昇れば終了となった。剣を鞘（さや）に収めれば、背後より気配を感じる。

「おはようございます、ご主人様」

振り返ればアニエスがいて、はにかんだ笑顔を見せながらタオルを差し出していた。

タオルを受け取り、額の汗を拭う。

「お食事の準備が整ったようです」

「わかった」

ふと、ベルナールはある違和感に気付く。

アニエスが纏っているのは、出会った時に身に着けていた安っぽい作りのワンピースだった。それに、いつもの薄い生地のエプロンをかけている。

陽の下で見ると、そのワンピースはアニエスには大きすぎて合っておらず、不格好な姿に見えた。

「お前、お仕着せはどうしたんだよ」

ハッと目を見開き、気まずそうに顔を伏せるアニエス。

消え入りそうな声で、以前着ていたお仕着せは寸法が合っておらず、ボタンが取れてしまったことを告白してくる。

「腕を上げたらボタンがはじけ飛んだって、んな馬鹿な」

「ほ、本当、なのです。ジジルさんも、見ていました」

昨日のお仕着せの発注はこれが原因だったのかと、事情を理解する。

今まで着ていたのは、結婚したジジルの長女の物だったことも発覚した。

「でも、ボタンが飛ぶとか、どうしてそんなことになったんだ？」

「す、少し………なのです」

「……わたくしは、す、少し太（ふと）やか、なの、です」

「なんだって？」

「はあ⁉」

アニエスの体を、頭からつま先まで見る。

大き目の服を着ているので、姿形がはっきりわかるわけではないが、全体的にすらりとしていた。

それを太っているというのは、首を傾げる主張であった。

「どこが太ってんだよ」

「今は、その、矯正下着（コルセット）で体を絞っているので」

「こるせっと？」

「はい。金具の入った下着で、紐（ひも）で縛（しば）って体の線を整える物です」

「それって苦しくないのか？」

「それは……はい。苦しみは伴います」

「なんでそんなことするんだよ。わけがわからん」

「ええ、やはり、そう思いますよね」

話せば話すほど、暗く沈んでいくアニエス。矯正下着なんか着けて仕事ができるわけがない。着けるのを止めろと言ったが、他に下着を持っていないので、今日ジジルが下着を買いに行くという。

「まあ、代わりがないのなら、仕方がないが」

「申しわけありません」

「いや、いいけどよ」

大袈裟に落ち込むアニエスを気の毒に思ったベルナールは、一言声をかける。

「お前がどれだけ太っているのかは知らんが、酷く痩せ細っているよりは、太っている方がいい」

パッと顔を上げ、ベルナールを見上げるアニエス。

「そ、それは、ほっそりとした女性よりも、ふくよかな女性が好ましい、ということですか？」

「い、いや、まあ、どちらかと言えば……」

ガリガリに痩せているよりも、ふっくらとしている方がいい。

その答えに、アニエスの暗かった表情がぱっと晴れた。

「良かったです。社交界デビュー前からの悩みだったので」

「いや、お前はもっと太れよ。腕なんかこんなに細い――」

何度かアニエスの腕や手首を掴んだことのあるベルナールは、再び掴んで確かめる。

手首を掴まれたアニエスは、服の上からだったのにもかかわらず、顔を真っ赤にした。

それを見たベルナールはぎょっとして、慌てて手を離した。

「す、すまない」

「い、いいえ。お気になさらないで、ください」

この時になって、相手が箱入りのご令嬢だったと思い出した。そうでなくても、妻以外の女性に気軽に触れていいわけがない。

互いに照れた状態で顔を逸(そ)らしたまま、次の行動に移ることもできず佇むだけ。

そんな彼らの様子をじっと眺めていた影が、ついに動き出す。

「アニエスさん」

「は、はい！」

ジジルの呼びかけに、ビクリと肩を震わせるアニエスとベルナール。

「今、忙しいかしら？」

「いいえ」

二人の会話を聞きながら、人の気配に気付かないくらい動揺していたのかと、ベルナールは自身を恥じていた。

「だったら、厨房の手伝い、お願い」

「わかりました」

アニエスはベルナールに深々と頭を下げ、小走りで去って行く。

庭からいなくなったのを確認して、ジジルは苦言を呈した。

「――旦那様、一つ、言わせていただきます」

「な、なんだよ」

「この先、もしもアニエスさんに手を出した場合は、責任を取って結婚をしていただきます」

「は、はあ⁉　なんでだよ‼」

「世間ではそれが当たり前です」

「つーか、手なんか出してないし‼」

「出していました。未婚女性は宮廷舞踏会の舞踏などを除いて、夫以外の殿方が触れていい相手ではないのですよ。それに、そろそろ結婚について考えるよう、大奥様よりお手紙も届いております」

「いつ来た⁉」

「昨日です」

ジジルがエプロンのポケットから取り出した手紙を、ベルナールは奪い取ろうとしたが、手にする寸前で避けられてしまった。

「お前‼」

「旦那様宛ではありません」

「なんだと？」

「私宛です」

ジジルはベルナールの母親からの手紙の一部を読み聞かせる。

それは、一向に結婚する気配がない息子を心配するものだった。

「近々、大奥様が、王都にいらっしゃいます」

「はあ、なんでだ⁉」

「旦那様の結婚相手を探してさしあげるそうです」

「いい、結婚は、まだいい。それに、このボロ屋敷に嫁ぎたい貴族の女なんかいるわけないだろ！」

「大奥様は、結婚相手は貴族のご令嬢でなくてもいいとおっしゃっています」

性格が良くて、ベルナールを愛してくれる人なら大歓迎だと書かれていたとか。

「大奥様は、有言実行の方です」

心当たりがあったベルナールは、思わず白目を剥いてしまう。

彼の母親は昔から行動力があり、達成するまで諦めない、粘り強い人物でもあった。

もしかしたら、無理矢理結婚をさせられることになるのではと、額に汗が浮かぶ。

「俺は、まだ、結婚なんてしない！」

「……私ではなくて、大奥様におっしゃってくださいよ」

『強襲第三部隊』に配属されて二ヶ月。新しい職場や仕事に慣れておらず、アニエスのこともあって、いっぱいいっぱいの状態であった。まだ、結婚する余裕なんてどこにもなかった。

「おい、母上に来るなと言え！」

「一介の使用人である私が、大奥様に意見なんて言えるわけがないでしょう」

「いいから、なんとかしろよ！」

「難しいですね」

軽く流されたうえに、すでに貴族男性の結婚適齢期なのだから、腹を括ったらどうかと言われてしまう。だが、ベルナールはつい先日大きな決意を固めたばかりで、次から次へとできるわけもないとジジルに訴える。

「男らしくないですね」

「そういう個人の感覚で、人を量るな！」

「そうですね。申しわけありませんでした」

ジジルはこれで話は終了とばかりに会釈をし、庭から去ろうとした。

ベルナールは慌てて引き止める。

「おい！」

「旦那様、使用人の朝は忙しいのです」

「いいから、聞け」

「なんですか？」

「俺は結婚したくない」

「それは先ほど聞きました」

「だ、だから、まだ、結婚をしたくないから、助けろ」

「人にものを頼む態度ではないですね」

「……」

主人と使用人という関係にあったが、彼にとってジジルは育ての母だ。

幼少期より逆らえない人物の一人である。ベルナールは姿勢を正し、頭を下げながら乞う。

「ジジル、どうか俺を、助けて、ください」

「わかりました」

「え？」

「なんで驚いているのですか」

「い、いや、本当に、できるのかと」

「ええ、可能です」

駄目元で頼んだことだったが、ジジルはあっさりと「結婚を回避する方法があります」と答える。

「それは、どういう――」

「簡単なことです」

ジジルはにっこりと微笑み、ベルナールに向けて言い放った。

「アニエスさんに、婚約者役をお願いすればいいのですよ」

Lady of
temporary
living

第十五話

ベルナール、焦る

L'amour des parents descend et ne remonte pas.

親の愛は下に下りる、そして遡らない

ジジルの言葉を聞いたベルナールは、目を見開いて硬直していた。

そこへ、屋敷の裏口から出てきたキャロルとセリアが走り寄る。

「お母さん、これでいい？」

「きちんと三つ編みにしているでしょう？」

「ええ、合格。行ってらっしゃい」

双子はベルナールにも朝の挨拶をして、元気良く学校に行った。娘達の後ろ姿に手を振るジジル。

「すごいですね、パフスリーブのお仕着せ効果。私が着るのはちょっとごめんですけれど」

ベルナールは目を見開いたまま、返事もせずにその場に立ち尽くしていた。

だが、ジジルが去ろうとすれば、全力で引き止める。

「ま、待て！」

「旦那様、本当に使用人の朝は忙しいのです」

「いや、あいつを婚約者役にって、それ以外にないのか？」

「ないですね」

ジジルははっきりと断言する。加えて、アニエスには自分から頼むようにとも。

内心では大きな衝撃を受ける主人を可哀想に思ったが、ここで甘やかしてはいけないと、ジジルは自らに言い聞かせていたことを、ベルナールは知る由（よし）もない。


ベルナールは私室に返り、どうしたものかと苦悩する。

母親が王都までやって来ることは想定外だった。過去の様々な記憶が蘇り、戦々恐々とする。

一番上の兄は幼少時代から婚約者がいた。それも、母が取り持った相手だ。

二番目ののんびり屋の兄も一向に結婚せず、仕事ばかりしていた。二十五をすぎた時に、母親が結婚相手を見つけてきたのだ。

三番目の兄も、二年前に結婚をした四番目の兄も、母親の介入によって結婚している。

兄達は皆、夫婦円満、子宝にも恵まれ、順風満帆（じゅんぷうまんぱん）な生活を送っている。

しかしながら現状として、それを羨ましいとは感じない。

領地で暮らす兄とは違い、母親の監視の目が届かないベルナールには関係ない話だと思っていたこともある。が、騎士団の隊員の多くがそうであるように、上司に紹介された娘と三十前になったら結婚するものだと、漠然（ばくぜん）と考えていたのだ。

彼の母は、やると言ったら達成するまで帰らないだろうと予測。焦りから、額に汗が浮かんだ。

心を落ち着かせるために書類整理を行うことにしたが、屋敷の修繕費が書かれてあるものを掴んでしまい、却（かえ）って落ち込むことになる。

これではいけないと頬を打って気合を入れ、書類の前では現実と向き合うことにした。

お昼すぎとなり、ジジルが部屋にやって来る。

「旦那様、お昼はこちらで召し上がりますか？」

「ああ、そうだな」

虚ろな目で書類を綺麗に揃え、処理済みの箱の中へと入れる。

ジジルが去ると、大きな溜息が出てきた。仕事を終えて頭の中に浮かぶのは、『結婚』の二文字。

現状、結婚を回避するには、アニエスの手を借りるしかない。

婚約発表後の対処は、そこまで難しいものではなかった。不仲の破綻は社交界では珍しい話ではない。なので、その辺は適当に誤魔化せるだろうと考えている。貴族の結婚が家と家の繋がりを強めるものというのは大貴族だけで、そこそこの家柄の者達はわりと自由だったのだ。

食事が運ばれてくる前に、エリックから銀盆に載った手紙が届けられる。

宛名を見て、盛大に溜息を吐いた。それは、恐れていた相手——母親からの手紙だった。

エリックを下がらせ、すぐに開封する。

手紙は数日後に、母親が都に到着するというものだった。

行動があまりにも早すぎる。ベルナールは理解に苦しんだ。

アニエスに頼むなら早い方がいい。そう思ってエリックを呼び戻した。

「旦那様、昼食は用意中ですが？」

「変更する。食堂で、あいつも一緒に」

「かしこまりました」

緊急事態なので仕方がない。ベルナールは酷く焦っていて、冷静な判断ができなくなっていた。

それから、エリックに母親が来ることも伝えておく。ジジルから聞いていたからか、来訪予告にも動揺の欠片も見せずに、「承知いたしました」と返事をし、会釈をして出て行った。

ベルナールも、食堂へと移動する。

「――失礼いたします」

アニエスが食堂に入って来る。ベルナールは向かい合う席に座るよう、指示を出した。

「話があって呼んだ」

「はい」

アニエスが着席をしたのと同時に、食事が運ばれる。

薄く切ったバゲットにレンズ豆のスープ、キノコのキッシュ、鶏肉の野菜煮込みなど、ベルナールの好物が並べられた。

それをアニエスと共に、食すことになる。

「あの、わたくしも、ここで、ご主人様と同じ食事を?」

「ああ。冷める前に食え」

「はい。ありがとうございます」

平静を装っているが、途中で料理をまったく味わっていないことに気付く。そもそも、女性と一対一で食事をするのも初めて。異常に緊張していた。

折角(せっかく)の料理がもったいないと思い、気を取り直して食事に集中。しっかり残すことなく食べきったあとで、本題に移る。

「それで、話だが――」

アニエスに婚約者役を頼む。

至極(しごく)簡単な願いであったが、なかなか口にできなかった。

だが、このままだと確実に母都合の結婚話を纏められてしまう。それはどうしても避けたかった。

ベルナールは、勇気を振り絞って乞うことにした。

「実は、頼みがあって」

「はい。なんなりとお申し付けくださいませ」

その返事を聞いて、余計に言いにくくなった。

アニエスはただならぬベルナールの様子を見て、居住まいを正していた。

口の中がカラカラになる。動悸も激しい。言いたくない。だが、言うしかない。

膝の上においた手を握り締め、願いを口にする。

「――俺の、婚約者になって欲しい」

「え?」

二人の動きが当時に止まった。

ベルナールは間違って婚約者になって欲しいと言ってしまったと、額に汗を掻く。

アニエスは突然の申し出に混乱していた。

双方、顔を真っ赤にしている。

「わ、わたくし――」

「ち、違う、間違った」

「え?」

「少し、困っていることがあって、婚約者の役を、して欲しいと」

「あ、役――そ、そういうこと、でしたか。勘違いを、してしまいました」

「いや、俺の言い方が悪かった」

ベルナールはしどろもどろになりながら、事情を語った。アニエスが真剣な顔で話を聞いてくれることが救いであった。ありがたいと心の底から思う。

「一応、非常識なことを頼んでいるという自覚はある。嫌だったら、断っても、いい」

返事は明日にでも聞かせてくれと言ったが、アニエスはその場で承諾した。

「ご主人様のお役に立てるのなら、喜んで」

「いいのか？」

「はい。演技など、できないかもしれませんが」

「いや、隣にいてくれるだけでいい」

「……はい」

とりあえず、ホッとした。これで結婚をしなくて済む。

お礼の言葉と共に頭を下げれば、アニエスはにっこりと微笑んでいた。

ふと、ベルナールは思う。どうして彼女のことを気位が高くていけすかない女だと勘違いしていたのかと。

今更悔いても遅いので、できる限り、アニエスのことを助け、支援しようと思った。


翌日は憂いごとが一つ消えたことで、晴れやかな気持ちで出勤した。

終業後、ベルナールはラザールに呼び出される。話はアニエスについてだった。

ちょっとした提案だと前置きをして、話し始める。

「うちの分家なんだが、南部にある村を所領していて――」

名産は葡萄酒。果実汁のように甘く、口当たりのいい酒は『葡萄酒の女王』とも呼ばれていた。

村に出入りするのは商人ばかり。森の奥地にあり、観光客も訪れない。のどかで平和な場所らしい。

ラザールは、その村でアニエスが暮らすのはどうかと聞いてきたのだ。

「アニエス嬢も、王都にいるよりは、自然豊かな場所でゆっくり過ごすのもいいかと思うのだが」

「それは、そう、ですね」

もしもアニエスが望むのなら、客人として迎える準備を行うと話す。

先方も若い娘なら大歓迎だと言っているとのこと。

「それは、どうして？」

「村には、若い娘さんが少ないんだよ」

分家の子息は五人いて、その内、三人が独身だった。

「――では、本人に聞いておきます。その、ちょっとこちらの事情があって、すぐに、というわけにはいきませんが」

「ああ、頼む」

アニエスがのんびり穏やかに暮らせる場所が見つかった。

ベルナールの故郷よりもはるかに田舎だったが、その分、王都の噂話も届かないだろう。


とりあえず、母親との問題が解決したらアニエスに話をしてみることにした。

第十六話
アニエスの誠意と恋心

En amour trop
n'est même
pas assez.

愛においては、
たとえ多すぎたとしても
十分ではない

朝、猫のミャアミャアという鳴き声でアニエスは目を覚ます。

まだ、陽も昇っていないような時間だ。

起床時間ではなかったが、お腹が空いているような鳴き声なので、起きようかと瞼(まぶた)を擦(こす)る。

猫、ミエルは母猫から乳をもらっていた時の癖で、アニエスの胸辺りを脚で何度も圧迫(ふみふみ)していた。

これは、母親の乳の出を良くするための行動だという。

彼女は一生懸命なミエルに対し、「お乳は出ません……」と申しわけなさそうに謝罪していた。

毎晩一緒に寝ているので、いつもこのような状態になっている。ちなみに、ドミニクが作った猫用の寝床はあるが、そこを抜け出してアニエスの布団に潜り込むのも毎晩のことだ。

ミャアミャアと餌の要求をするミエルに、アニエスは少し待つように言った。

引き出しからお仕着せ替わりの灰色のワンピースを取り出して、寝台の上に置く。体の線を細くする鎧のような矯正下着(コルセット)も隣に並べた。

まず、ぶかぶかな棉(めん)の寝間着を脱ぐ。絹製の物しか纏ったことしかなかったアニエスは、初めこそ着心地の悪さを覚えていたが、一週間も経ったら慣れた。案外、適応性に富んでいるものだと、自らのことながら感心していた。

寝間着の下は何も身に着けていない。それは、子どもの頃からの習慣だった。

下ばきを穿き、ずっしりと重い矯正下着を着込んで、お腹から胸元へ前から紐を通す。綺麗に最後まで紐を通したら、力を込めてギュッと絞った。

一人で矯正下着を装着する作業も、随分と上手くなっていた。アニエスの家に仕えていた侍女ほどきつく絞れるわけではないが、及第点には達していると鏡を見ながら思う。

ワンピースを着て、上からエプロンをかける。

鏡の前で髪を一つに纏め、洗面所で顔を洗い、歯も磨く。

最後に、化粧台の前で薄い化粧を施し、髪の毛を左右二本の三つ編みに編みなおし、後頭部で纏めれば身支度は完成となる。

随分と少なくなった化粧品を見て、アニエスは小さな溜息を吐いた。これは貴族時代に使っていた品だが、当然ながら同じ物を買うお金はない。それを思えば、余計に切なくなる。

ミャアミャアという鳴き声を聞いて、ハッと我に返った。本来の目的を思い出す。

ミエルを籠に入れ、三階にある使用人用の簡易台所へと向かった。

猫の餌作りは、ここでするように勧められていたのだ。誰も使っていなかったようで、今は完全な猫の餌作り専用の台所となっている。

アニエスは慣れない手つきで包丁を握り、ミエルのために食事を作る。

待ちきれないのか、籠の中でミャアミャアと元気良く鳴いていた。

途中、コンコンと扉が叩かれる。入って来たのは、ジジルであった。

「おはよう。あらあら、ミエルったら朝から元気ねえ」

「おはようございます。ジジルさん」

手には朝食が載った皿を持っていた。アニエスとジジルの分である。

ミエルの『ササミのくったり煮』を鍋の中で煮込んでいる間、朝食の時間となる。

「ミエル、あなたはもうちょっと待ってね」

ジジルはそう言って、ミエルが入っている籠に布を被せていた。こうすると、不思議なことに大人しくなるのだ。

皿の上には、昨日の残りの三日月パンに、バターの欠片、炒ったふわふわ卵、皮が弾けた腸詰め、梨が一切れ。

アニエスはジジルが来ることをわかっていたので、彼女の分もカフェオレを淹れていた。

手を洗い、膝の上に朝食の載った皿を置く。食卓はないので、このような状態になってしまう。

「猫、まだ布団に潜り込んでくる？」

「ええ。せっかく寝台を作っていただいたのですが」

布団に潜り込むのは子猫時代だけかと思いきや、大人になってからもしてくるとジジルは言う。

夜、猫がいると、ぬくもりにホッとしてぐっすりと眠れるのだ。大きくなっても一緒に眠れることがわかり、アニエスは嬉しくなった。

お喋りをしながらジジルはカフェオレに一口大にちぎった三日月パンを浸し、滴らせずに口の中へと放り込む。アニエスも同様に砂糖とミルクたっぷりのカフェオレにパンを浸した。

昨日のパンといっても、竈で温めているので表面はカリカリ、表面にまぶしてある砂糖が溶けて甘い香りを漂わせている。

そんなパンと、カフェオレの相性は抜群であった。

「美味しい……」

思っていたことが口に出てしまい、アニエスは恥ずかしくなる。ジジルは気にも留めずに「これ

が一番の食べ方よねえ」と返していた。

貴族として暮らしてきた頃はありえない食べ方であったが、驚くほど美味しかったのだ。

「外の世界はいろいろと、知らないことばかりで……」

「楽しい？」

アニエスははにかみながら、コクリと頷いた。

朝食を終えたアニエスは、ミエルのササミをさらに押して潰し、食べやすいようにする。

冷えるのを待って、与えた。

待望の食事の時間となって、ミエルは興奮している。だが、まだ皿の上からは自力では食べられない。アニエスは指先でササミを掬い、口元へと持っていく。舐める子猫の舌先をくすぐったいと思いながら、食事風景を見守っていた。

食後、排泄（はいせつ）を促すのも忘れない。子猫は自力でできないので、温い布などでお尻などを刺激する必要があるのだ。

ミエルはこのまま台所の片隅でお留守番となる。三十分おきに見に行くようにしているが、念には念を入れて、周囲に危険がないか確認した。それが終われば、一階に降りて行く。

ジジルに手伝える仕事がないか聞いた。

洗濯に床掃除、風呂掃除など、使用人の仕事は山のようにある。

一つ作業を終わらせて、ミエルを見に行き、また手伝いに行く。それらを繰り返せば、あっという間にお昼になるのだ。

　ミエルに餌を与え終わったのと同時に、ジジルが食事を持って来た。アニエスはお礼を言って、お皿を受け取る。

「そういえば昨日、旦那様から聞いた？」

「お母様がいらっしゃるお話でしょうか？」

「そう。それと、作戦について」

　作戦とはアニエスに婚約者役を頼むという話。本当に大丈夫なのかと、ジジルは聞いてくる。

「上手くできるかわかりませんが、精一杯努めようかと、思っています」

「……アニエスさん、無理はしなくてもいいのよ？」

「無理はしていません。わたくし、嬉しかったのです」

「婚約者役ができることが？」

「はい。わたくしにも、お役に立てることがあるのかと」

「あ、そっちね」

　ジジルはてっきり、お役目でも婚約者になれるのが嬉しいという意味かと思ったのだ。そうではないとわかり、若干がっかりする。

「でもどうして、旦那様のためにそこまでしてくれるの？」

「ご主人様に、ご恩があるのです」

「元々、知り合いだったってこと？」

「いえ、一方的にわたくしが……」

「わたくしが？」

「な、なんでもありません」

思わず口にしそうになった極めて個人的な感情を呑み込み、アニエスはベルナールより受けた恩を語り出す。

「とあるお茶会で、助けていただいたのです」

社交界デビューの一年後。

アニエスは第二王子主催のお茶会に招待された。彼女の父はまたとない機会だと言い、王子と接触するように命じていた。

父親曰く、デビューは大失敗だった。宮廷舞踏会の場で、王子より見初められることを想定していたらしい。なので、今回は失敗をしないようにと、強く言い含められていた。


お茶会の前夜、アニエスはまったく眠れなかった。

精神的な負荷が、彼女の安らかな睡眠を妨害していた。

朝食もまともに喉を通さず、フラフラな状態でお茶会会場まで向かった。

まず、人の多さに酔ってしまう。

それに加えて、付添人ともはぐれてしまった。アニエスは目が悪いので、見つけ出すことは至難の業だった。付添人探しは早々に諦め、本来の目的を優先させることにする。

目を凝らし、どこに王子がいるのか周囲を見渡す。

大勢の人だかりができているので、居場所はわかりやすかった。

早足で会場の中を進み、もう少しで取り巻きの輪の中に辿り着こうとしていた時、突然背後から腕を掴まれる。驚いて振り返ったが、目が悪いので誰だかわからない。

困っていれば、相手から名乗った。

――エルネスト・バルテレモン。


侯爵家の次男で、あまりいい噂を聞かない男。

出会っても関わらないようにと、付添人が言っていた人物だった。

お茶を飲まないかと誘われたアニエスは丁寧に応じつつも、誘いを断る。

見目が良く、女性から言い寄られることが多い彼は断られたことを新鮮に思ったのか、逆にアニエスに興味を示す。彼の微笑む表情の裏に危機感を覚えたアニエスは、思わず後ずさる。

その、警戒するような様子を見て、エルネストはアニエスのことを子猫のようだと言い始めた。

どこか静かな場所で話そうと誘ってくる。アニエスは知り合いを探している最中なのでと言ってお断りをした。だが、エルネストは引かなかった。

だんだんと恐怖くなってきたアニエスは一礼してその場から去ったが、エルネストは後を追って来る。早足は駆け足となり、最終的に薔薇の庭園へと逃げ込んだ。

「そこで、ご主人様に助けていただいたのです」

「そうだったの」

薔薇の庭園内で、巡回していた騎士を見つけて安堵したが、エルネストは悪事を働いているわけではない。助けを求めていいものか、逡巡する。

だが目を窄め、よくよく見てみれば、相手が見知った顔だということに気付く。

――熊騎士様（ベルナール）!!


　気付けば、ベルナールに助けを求めていた。

　いつの間にか焦っていたアニエスは、空想世界の憧れの熊騎士と、ベルナールの姿を重ね合わせていたのだ。

　すぐに我に返ったアニエスは申しわけなく思ったが、現実世界の熊騎士も願いを叶えてくれた。

「それが『恩』なのね？」

「はい」

「でも、旦那様は騎士としての仕事をしただけで、そこまで感謝することもないと思うけどね」

「ええ、そうかもしれませんが、お恥ずかしい話ながら、助けていただいたのはその時だけではなくて――」


　社交界デビュー三年目。アニエスはまたしてもエルネストに追われていた。慌てて庭に逃げ込み、なんとか撒（ま）くことに成功したが、今度は会場への帰り道がわからなくなってしまう。

「その時、偶然にご主人様と会い、会場まで送ってくださいました」

「そうだったの」

「以前に助けていただいたことも含めて、お礼を言いたかったのですが、すぐに去ってしまい……」

「恥ずかしかったのね、きっと」

「そう、なのでしょうか？」

「残念ながらそうなのよ。二十歳前後の男なんて、みんな子どもなんだから」

ジジルの個人的な見解を、アニエスは困った顔で聞いていた。


社交界デビューから五年後。

家が没落し、困窮（こんきゅう）していたアニエスに助けの手を差し伸べたのは、ベルナールだけだった。

「わたくし、修道女になる決意を固めていたのです」

「え⁉」

所持金が尽きようとしていたアニエスはある決心をする。それは、修道院へ行き、修道女になることだった。

修道女になれば、行動は制限される。その前に、ベルナールへお礼をしようと下町の商店でお菓子や酒、パンなどを買い、騎士団の駐屯地へと足を運んだのだ。

「そこで、偶然旦那様に出会って今に至る、と」

「はい」

『熊騎士の大冒険』という物語の中で、猫のお姫様が危機的状況に陥（おちい）れば、熊騎士がどこからともなく現れて、颯爽（さっそう）と助けていくのだ。

それと同じように、ベルナールはアニエスの危機から何度も救ってくれた。

「――ご主人様には、本当に、何度感謝をしても足りないくらいです」

アニエスは頬を染めながら話をする。

その表情は恋をする乙女のそのものだったが、ジジルは気付かない振りをしていた。

第十七話　戦闘準備

En mariage
trompe qui peut.

結婚では、
だませる者はだませ

ベルナールは母親に手紙を書き綴る。

現在、結婚を約束している女性がいるので、わざわざ王都に来なくても……という旨(むね)の手紙を書いた。時期が来れば紹介に行くとも。

もしかしたら、母親が手紙を読んで安心し、王都へ来る予定を取りやめるかもしれない。そんな期待を込めて実家に送った。

しかしながら、「婚約者のお嬢さんにお会いするのを、とても楽しみにしております」という返信が届き、ベルナールは部屋で一人、やっぱりそうなるかと、がっかりと肩を落とす。

手紙作戦はまったく効果がなく、着々と母親がやって来る日は迫ってくる。

ジジルがアニエスと口裏を合わせた方がいいと言うので、適当な設定を考えておくように頼む。

数時間後、エリックが一枚の紙を持ってくる。それはジジルが考えた、ベルナールとアニエスの出会いから婚約に至るまでの物語であった。

設定の冒頭を読み、思わずぼやいてしまう。

「なんなんだよ、これ」

◆ベルナールとアニエスの、運命的な出会いから結婚まで　作：ジジル◆

――二人の出会いは、五年前まで遡る。


「遡りすぎだ。五年分の設定なんて覚えられるわけがない。つかこれ、事実じゃないか！」

「旦那様、嘘には幾分かの真実を混ぜるのがちょうどいいそうです」

「知るかよ！　つーかなんで事情を把握している？」

「アニエス・レーヴェルジュ側に探りを入れたのかもしれませんね」

「余計なことを」と呟きつつ、顔を顰めながら続きに視線を落とす。


――二人は、初対面でお互いに一目惚れをした。


「はあ⁉」

唐突な展開に、我が目を疑うベルナール。

念のため、もう一度読んでみたが、読み間違いでもなんでもなかった。

眉間に深い皺を寄せつつ、続きを読む。


――子爵家の五男ベルナールと、伯爵家の一人娘（『高貴な青』と呼ばれた宝石のような瞳、社交界一の大輪の薔薇など、三行ほどアニエスの美しさを称える言葉が続く／略）。

「五年も遡っておいて、出会い頭に惚れるって、意味ないじゃないか」

「旦那様、男女の仲というものは、理屈では説明できないものです」

「わけがわからん」

無表情で男女の仲について語るエリック。バカバカしいと呆れてしまった。

「つーか、あいつだけ褒めすぎだろう。確かに美人だが、ここまで言うほどか？」

「美醜についての感覚は、個人によって違いますので」

「……そうかい」

ベルナール本人は気付いていないが、彼の美的感覚はかなりズレていた。

それは物心ついた頃より美貌のジジルや、彼女にそっくりな美形兄妹に囲まれていたので、美しい人を見ても心惹かれることはなかったのだ。

「いちいち盛ってある設定を気にしたら負けか」

紙面を見れば、まだまだ先は長い。溜息を吐き、読み進める。


――出会った時は、触れ合うことすら叶わなかった。

相手は子爵家の五男、片や、名家と言われた伯爵家の一人娘。

交遊が許される二人ではなかったのだ。


「なんだ、これ……？」

頑張って読み進めようとしたが、目が滑って内容が頭に入ってこない。

女性向けの恋愛小説のようなロマンチックな展開の数々に、全身に鳥肌が立っていた。

「なんだか寒気がしてきた……」

　半分も読まないうちに、ベルナールはお手上げとなった。

「エリック、悪いが、これをわかりやすく纏めてくれないか？　できれば、俺とあいつの名前も抜いた文面にしてくれると助かる」

「承知いたしました」


　一時間後。

　エリックが書き直した文章を見る。みっちりと書き込まれていた恥ずかしい文章を、箇条書きにして纏めてくれた。

「これならまあ、読めそうだ」


　ジジルが考えた設定は以下となる。
・出会いは五年前、互いに一目惚れ
・両思いだが、家柄が釣り合わなかった二人。ダンスを踊ることすら許されなかった
・視線しか交わさないまま、宮廷舞踏会は終わる
・翌年、二人は運命的な再会を果たす
・伯爵令嬢の危機的状況に居合わせ、彼女を助けた
・そこで初めて互いに自己紹介し合う
・三年目、宮廷舞踏会会場で再会、薄暗い庭園でこっそり踊る。二人だけの世界を存分に味わう
・四年目、周囲の目を盗むようにして、文通を始める

・五年目、伯爵家が没落する。それを期に、家に招いて一緒に暮らすことになった
・障害がなくなった二人は、ついに婚約を結んだ

文通やダンスなど、気になった点はあったが、なんとかなるだろうと楽観視していた。

二人の仲は引き裂かれていたという設定なので、そこまで打ち解けた様子も必要ないと思う。


アニエスと自分の嘘の五年間を、暗記しはじめた。

ベルナールの母親の来訪する前夜。

帰宅をした途端に、ベルナールはジジルに捕獲され、髪の毛について指摘される。

「なんだよ、いきなり」

「髪の毛が微妙に長くなっているの、気になっていたんです」

「言うほど伸びていないだろう？」

「毛先、微妙に跳ねていますよ？」

「雨の日はこうなるんだよ。今度の休みに床屋に行く……」

「大奥様に『子熊ちゃん』と呼ばれたいのなら、別によろしいのですが？」

ベルナールは幼少期、母親から「子熊ちゃん」と呼ばれていた。それは毛先に癖のある髪が熊のぬいぐるみに似ていたからだった。

母親からそう呼ばれることを想像して、ゾッとする。

「……すまない、切ってくれ」

「承知いたしました」

あっという間にベルナールの髪は整えられていく。とは言っても、子どもの頃から付き合いのあるジジルにしかわからない変化であったが。

婚約者役を務めるアニエスに、ベルナールは今回の件の報酬として新しい服を与えていた。既製品であったが、どれも王都で流行っている服である。

「ジジルさん、ご主人様からあのようにたくさんの服をいただいてしまい……。本当によろしいのでしょうか？」

「いいのよ。でも、矯正下着（コルセット）を脱いだら、着られなくなるかもしれないけれど」

「そ、そんな、もったいないです」

「う〜ん、もしかしたら手直しできるかもしれないけれど、私も詳しくないからなんとも言えないわね」

「そうですか……」

ジジルが今度服屋で聞いてくると言われ、アニエスの表情はパッと明るくなった。


午後からアニエスは、ジジルと共にお菓子作りをする。

厨房よりクッキーを焼ける匂いが漂うと、キャロルとセリアがやって来る。

竈の中のお菓子を見て喜んでいたが、ふとした瞬間に暗い顔になった。

理由はジジルも把握している。パフスリーブ付きのお仕着せが、ベルナールの母親の訪問までに間に合わなかったのだ。

「ああ、がっかりだわ」

「本当、がっかりだわ」

落ち込む娘達を、ジジルが窘める。

「それで良かったのよ」

「どうして？」

「なんで？」

「大奥様がパフスリーブのお仕着せなんか見たら、派手だってびっくりするかもしれないでしょう？」

「絶対、かわいいのに」

「絶対絶対、かわいいのに」

頬を膨らませながら、不満を口にする双子。

念のため、ベルナールに接する時のような、気安い態度を取らないように注意されていた。

「わかっていますよ～だ」

「そんなヘマはしませんよ～だ」

「はいはい。悪かったわね」

母娘のやりとりを、アニエスは微笑ましいと思いながら見守る。

蚊帳の外にいるつもりだったのに、キャロルとセリアは突然アニエスの両脇に立った。

キャロルは胸の前で手を合わせ、懇願する。

「アニエスさん、その髪型、教えて！　ずっとかわいいなって、思っていたの！」

「そうそう！　三つ編みにして、頭の後ろでくるくるするの、とってもかわいい！」

同じく、セリアもアニエスの髪型を褒める。

難しいのかと聞かれ、アニエスはそうでもないと答えた。

キャロルのエプロンのポケットに櫛（くし）が、セリアのエプロンのポケットに鏡とピン留めが入っていたので、この場で結ってあげた。

鏡を覗き込んだキャロルはいつもと違う、大人っぽい髪型を喜んだ。セリアは自分も結って欲しいとアニエスに頼み込む。

「あ～、もう、あなた達は次から次へと！」

「大丈夫ですよ、ジジルさん」

「いいの？」

「はい」

「ありがとう、アニエスさん」

もしも妹がいたらこんな感じなのかと考えつつ、髪の毛を編んでいった。

そして迎えた、母親訪問の当日。さすがのジジルも緊張していた。

「ジジル、母上と仲良しじゃなかったのかよ」

「特別に目をかけていただいておりましたけれど、それは使用人と女主人として、です」

「そうだったのか」

「ええ。お会いするのは久々なので、若干胃が痛いです」

だが、ジジル以上に緊張をしていたのは、もちろんアニエスだった。

「おい、お前、大丈夫なのか？」

その様子に気付いたベルナールが話しかけたが、反応がない。

今度はポンと肩を叩く。すると、びくりと体を震わせ、驚いた様子を見せていた。

「あ、す、すみません」

「上手く演ろうとは思うな。自然にしておけ」

「……はい」

姿は完璧な貴族令嬢だったが、中身はガチガチに緊張していた。演技など不可能なのではと、疑いの目を向ける。

アニエスの膝に乗せられた手を見れば、微かに震えていた。

それを見ていたら、次第にベルナールも緊張感が高まってしまう。

自分はしっかりしなければと思っていたのに、急に不安になった。

ドンドンと扉が叩かれ、返事をすればキャロルとセリアが扉を開き、報告する。

「大奥様が到着いたしました！」

「お待ちかねの、大奥様ですよ！」

ベルナールの母親が辿り着いてしまった。

額に汗を掻くベルナールと緊張で震えるアニエスは、顔面蒼白状態で客人を迎えることになった。

第十八話

母が来た

Contentement
passe richesse.

満足は
富にまさる

コツコツコツ、と廊下を靴の踵が叩く音が聞える。

その人物は、早足で客間に向かっていた。

それよりも速く、ベルナールの心臓は早鐘を打つように鳴っている。

強く拳を握り、相手を待ち構えた。

エリックの手によって扉が開いたのと同時に、立ち上がる。アニエスもあとに続いた。

出入り口に立つのは、老齢のご婦人。

ふくよかな体型で、皺の刻まれた目元は微笑み衣を浮かべているが、一切の隙がない。

立ち襟の昼用礼装を纏い、扇を手にした状態で、ただ者ではない空気をビシバシと放ちながら、佇んでいた。目が合えば、綺麗な淑女のお辞儀をする。

「ごきげんよう、ベルナール」

「お久しぶり、です……」

母親との久々の会話は、なんとも間の抜けたものであった。

客間に足を踏み入れるとその瞬間に、部屋の空気がピンと張り詰めた。

ベルナールはまずアニエスに母を紹介し、母にアニエスを紹介する。

極度の緊張で言葉をたびたび噛んでしまった。ありえないほど動揺しており、落ち着こうと思えば思うほど、怪しい挙動となってしまう。

母、オセアンヌの表情は、話の途中で扇を開き、口元を隠しているのでわからなかった。

あたふたとしている息子を見て、目を細めている。

「まあ、ベルナールったら、ふふ、緊張をしていますのね」

「……いや、まあ、はい」

「私達、親子ですのに」

「そうですね」

「かしこまらなくても、よろしくってよ」と、優雅な手つきで扇を折りたたみながら言葉をかける。

露わとなったオセアンヌの表情は、笑顔だった。かといって、それは安心できるものではない。

ベルナールは、ジジルがかつて言っていた言葉を思い出す。「女とは、笑顔の下に本心を隠している」と。母親を警戒していれば、オセアンヌは足早に歩み寄り、じっとベルナールの目を見る。

「あ、その」

探るような視線に耐えられなくなり、顔を逸らすのと同時に、ぽんと肩を叩かれる。

「――鼻が高いわ。あなたのこと、誇りに思います」

「は？」

どういうことなのか、頭の中が真っ白になるベルナール。

一方で、彼の母は含みも何もない、慈愛に満ちた笑みを浮かべていた。

「とぼけた顔をして、わかっていませんのね」

褒められることをしたのだろうかと、自らの行いを振り返る。結婚を前提にお付き合いをしている女性がいることが、鼻が高いのか。

「まあ、そのお話はあとでするとして――」

まずは座って落ち着くことにする。ちょうど、エリックがお茶を持って来た。

オセアンヌは数年ぶりに会ったエリックを懐かしんでいる。

「エリック、そういえばあなた、結婚はしましたの？」

「いえ、まだ」

エリックは笑顔で話に応じていたが、複雑なことはベルナールもよく理解していた。双方の間に割って入り、エリックを下がらせる。

シンと、部屋は静まり返っていた。

ベルナールは気まずい雰囲気に耐えきれず、お茶を一口啜った。

鎮静（ちんせい）効果がある薬草茶だったが、今のベルナールにはまったく効果がない。

ただの苦いだけのお茶だった。

そんな中で沈黙を破ったのは意外にもアニエスだった。

机の上のクッキーを示しながら、話し出す。

「あの、このお菓子。昨日、ジジルさんと一緒に作った物、なのです」

「まあ、そうでしたの」

「とはいっても、わたくしは型抜きをしただけですが」

「型抜き、お上手ね」

「ありがとうございます。よろしかったら、どうぞ」

「ええ、いただきますわ」

お茶を飲み、お菓子を食べて一息つけば、場の空気も少しだけ和（やわ）らぐ。

オセアンヌはアニエスに話しかけた。

「アニエスさん、ありがとうございます」

お礼を言いながら、深々と頭を下げた。ベルナールと結婚する決意を固めてくれたことを、嬉しく思うとも伝える。

「とても優しい子なのですが、男兄弟の中で育ち、加えて、長い間騎士団にいたものだから、女性に免疫がなくて、失礼なことなど言いませんでしたか？」

「いいえ、そのようなことは、一度も」

ベルナールはどうにも落ち着かない。

嘘を吐いていることに罪悪感を覚えているのか、自らのことを他の人が話していることが気恥ずかしいのか、わからない状態になった。

ベルナールはもう一度、苦い薬草茶を口に含む。

息子の思惑などなんのその、オセアンヌは息つく間もなく話かけてくる。

「アニエスさん、今回のこと、ご心痛のほどお察しいたします。突然のことで、言葉もなかったでしょうに」

「いえ……沢山の方に、御迷惑を」

「あなたは悪くありませんわ」

「ありがとう、ございます……」

ベルナールは手紙にアニエスの家の事情について書いていなかったが、新聞で大きく報じられていたため、地方に住んでいる母親にも伝わっていたようだった。

婚約者作戦を考えた当初、アニエスは別の家の娘として演じてもらった方がいいのではとベルナールは提案した。母親が没落した家の娘をどう思うか想像できなかったからだ。

だが、ジジルは婚約者と同居している状況は、普通はありえないことだと言ってすぐに却下させる。それに、ベルナールの母オセアンヌは情に厚い人間なので、騒動に関係ないアニエスとの結婚を反対することはないだろうと言い切った。

よって、アニエスはアニエスのまま、紹介する運びとなる。

ジジルの読みは当たっていたのかと、ハンカチで涙を拭（ぬぐ）う母親を見ながら思っていた。

もうひと口、薬草茶を啜る。

なんだか落ち着いてきたので、効果が出だしたと思っていたが――。

「それで、二人が婚約に至るまでのなれそめをお聞かせいただけるかしら？」

想定はしていたが、この時機（タイミング）でか！　と、早すぎる内容の質問に、薬草茶を噴き出しそうになる。

いろいろと覚悟をしていたが、こんなにも早く聞いてくるとは思っていなかったからだ。

オセアンヌはハンカチを握り締め、期待に満ちた眼差しを向けてくる。

ベルナールは暗記した二人の嘘のなれそめを、棒読みで語り始めた。

「……出会ったのは五年前」

「まあ、そんなに前からですの⁉」

必死に内容を思い出しながら喋っていたのに、母親の横槍が入って順序が飛んでしまう。

次なる設定を整理している間、オセアンヌが勝手に話を始めてしまった。

「アニエスさん。あなた、うちの子に初めて会った時の印象って、どうでした？」

「ちょっ！」

難易度の高い質問をする母親を止めようとしたが、扇で顔を隠しつつ、アニエスに見えないように「邪魔をするな」と無言で睨まれてしまった。鋭すぎる視線を受けて、言葉を失ってしまう。

ちらりとアニエスの横顔を見れば、先ほどよりは緊張が解れているように見えた。

けれど、設定の中に第一印象なんてものはなかった。さっそく行き詰まったかと絶望する。

だがその心配も、杞憂に終わった。

「出会ったのは宮廷舞踏会の場で、わたくしは社交界デビューを果たした年でした」

「あら、そうでしたの」

アニエスは、多少緊張はしているものの、ベルナールよりは堂々としていた。

毅然とした様子で聞かれた質問の返しをしている。彼女は話を続けた。

「初め、付添人からお名前を聞き、驚いて……。わたくし、その時ちょうど熊が騎士をする物語に夢中になっていたものですから、現実で熊の名を持つ騎士様に出会えるなんて思わなくて、つい、どんな御方なのかと気になり――」


その後、なんとかなれそめを話しきることに成功した。


恐怖の顔合わせが終わって私室で一息吐いていたところに、母、オセアンヌがやって来る。

エリックをとおさずにやって来たので、驚いてしまった。

「な、何か?」

「少しだけお話をしようと思いまして」

立ち尽くしていたら、自分の部屋なのに母親に椅子を勧められてしまう。

「……それで、話とは?」

「そんなに警戒しないで。私はただ、お話をしに来ただけですわ」

満面の笑みを浮かべ、不審なほどに上機嫌なオセアンヌ。ベルナールは、いまだ母親が喜んでいる意味を理解できずに首を傾げる。昇進を喜んでいるのかと思ったが、そうではなかった。

「アニエスさんのこと、よく決断をしました。家の者に相談せずに決めたのは褒められるものではありませんが、なかなかできることではありません」

アニエスの実家は国王に良く思われていない。その娘を助けたと露見すれば、ベルナールの実家であるオルレリアン家の立場も悪くなる可能性があった。

「その件については、考えていなくて、申しわけないと……」

「よろしくってよ。王都より遠く離れた領地には、大きな影響はないでしょうから」

アニエスを助けた行為がバレた場合、実家への影響はまったく考えていなかったことに気付く。

母親は許してくれたが、重ねて謝罪をしておいた。

「まあでも、婚約発表は日を置いた方がよろしいかと」

「ええ、わかっています」

これからも、アニエスを守り、助け、不自由な生活をさせないように命じられた。

話はこれで終わりだと思い込んでいたのに、そうではなかった。

「結婚式は、うちの領地でやりましょう」

「え？」

「アニエスさんのご家族は？　お父様はともかく、お母様やご兄弟は？」

「母親は早くに亡くなっていて、兄妹はいない、と」

「そうでしたの。でしたら、あとでアニエスさんと婚礼衣装の話し合いをしなくては」

「は？」

話が早いと驚くベルナールに、婚礼衣装は時間がかかるので、今からしても遅いくらいだと言う。

「憧れていましたのよね。花嫁との婚礼準備を。ああ、長年の夢が叶いましたわ」

「ちょ、待……」

「こうしている時間も惜しいですわね。それではごきげんよう、子熊ちゃん」

「なっ、子熊って――!?」

ベルナールが絶句している間に、オセアンヌは部屋から出て行った。

母親がいなくなり、閉ざされた扉を眺めながら、夢かと思って頬を抓る。

普通に痛かった。

第十九話

早すぎる婚礼衣装

Prudence est
mère de sûreté.

慎重は
安全の母

――ジジルですら想像していなかった事態が起こった。

威厳がある女主人、オセアンヌがアニエスを一目で気に入ってしまったのだ。

アニエスは楚楚（そそ）とした美女だ。気品があって、育ちの良いということが一目でわかる。なので、気に入ってしまうのも仕方がない話であった。だが、オセアンヌは人をその場で評価するようなことはしない。

ジジルは乳母をする前、オセアンヌの侍女をしていたので、その人となりはよく理解しているつもりだった。故に、意外に思ったのだ。

今回のことはベルナールとアニエスが距離を縮めるきっかけになればいいと考えていたのに、思いがけない結果となってしまった。

想定していなかったことがもう一点。

ジジルの脚本（シナリオ）のせいで、ベルナールは婚約を決意していることになっていた。

裏で糸を引いていたことは認めるが、ことを大きくするつもりはなかったのだ。

オセアンヌに深く感謝され、居心地の悪い思いをする。

今回の婚約の件は、ジジルの導きがあったのだろうと、見抜かれていたのだ。

「まさか、こんなにも早くあの子の結婚が決まるなんて、とても嬉しく思います。ありがとう。あなたの教育の賜物ですわね」

「今回の件は私の手柄でなく、ベルナール様ご自身が努力をされて……」

「あの子の顔なんか立てなくてもよろしいのに。あなたは、本当に使用人の鑑のよう」

「……もったいないお言葉です」

婚約者役作戦は失敗だったかとジジルは悔いていた。結婚を心待ちにするあまり、ことを急いでしまったと今になって気付く。それに、騙す相手も大物すぎた。

このように早急に結婚話を進められてしまっては、ベルナールも精神的に追い詰められてしまう。

ジジルは大いに反省をすることになった。

母親とジジルが街に出かけたと聞き、ベルナールは安堵の息を吐き出す。

それからすぐさま、アニエスの元へと急いだ。

部屋にはキャロルとセリアがいた。

双子の雰囲気がいつもと違うと思っていたら、髪型が変わっていた。アニエスがしているような、左右を三つ編みにして後頭部で纏める形になっている。

やはり、女性は髪型ひとつで変わるものだと、改めて感心をすることになった。

「お前ら、その髪型、どうしたんだ？」

「アニエスさんに結ってもらったのです」

「結い方は勉強中なのですよ」

「そうかい」

どうかと聞かれ、「似合っているんじゃないか」という無難な言葉を返す。

双子が嬉しそうにしていたので、感想としては正解だったらしい。

上機嫌となったキャロルとセリアは、笑顔で用事がないかと聞いてくる。

「旦那様、カフェオレを淹れてきましょうか？」

「旦那様、それとも紅茶をご所望(しょもう)で？」

「いや必要ない。それよりも、しばらく退室しろ」

下がるように言ったが、同時に首を横に振る。動きも綺麗に揃っていた。

「私達、アニエスお嬢様の侍女なのです」

「一挙一動に、目を光らせています」

「お前ら……」

二人だけで話をしたいと思っていたのに、まさかの邪魔者がいた。

だが、貴族令嬢の常識としては、普通のことだった。未婚の男女が密室で一緒に過ごすことはありえないのだ。

「旦那様がなんと言おうと、駄目なのです」

「お嬢様と二人きりになるのは、結婚してからですよ」

双子は母親から習ったと思われる、貴族令嬢のしきたりを口にする。

ベルナールは忌々(いまいま)しいと睨み付けた。

「主人の言うことが聞けないってのか？」

「私達がお仕えするのはアニエスお嬢様です」

「旦那様ではありません」

母親から命じられた設定を、忠実にこなそうとするキャロルとセリア。

敵は強力であったが、昨晩、双子と母親（ジジル）が揉めていたことを思い出し、勝てると踏んで笑みを浮かべるベルナール。

「――だったら今度、王都で流行っている喫茶店とやらに連れて行ってやる」

「それって、『白うさぎ喫茶店』のこと⁉」

「本当に、連れて行ってくれるの⁉」

「ここから出て行けばな」

『白うさぎ喫茶店』。

それは王都にある喫茶店で、異国風のお菓子を出している、半年前にできたお店。華やかな店構えで可愛らしいと評判だが、女学生の行く場所ではないとジジルが反対していたのだ。

「……でも、お母さんだめって言っていたし」

「……チャラチャラした人が行く場所だって」

「一回くらいいいだろう」

「そうかな？」

「どうだろう？」

キャロルとセリアはベルナールの提案に懐柔（かいじゅう）されそうになっていた。先ほどの勢いも完全に失いつつある。

もう少しで落ちる。確信したベルナールは曖昧な記憶を蘇らせ、双子を唆す。

「苺のなんとか菓子に、白いクリームを塗る……アレが人気なのだろう？」

「なんとか菓子じゃなくて、木苺のスコーン」

「白いクリームじゃなくて、クロテッドクリーム」

「まあ、なんでもいいが。ちょっと俺の用事に付き合って、お茶して帰るくらいなら、ジジルはなんも言わねえよ」

キャロルとセリアの心は揺れる。二人は噂話で聞いた話を思い出す。

乾燥木苺が練り込まれたスコーンは焼きたてが出てくる。

外はサクサク、中はしっとり。バターの風味が漂う香ばしい生地と、甘酸っぱい木苺の組み合わせは、食べた人に至福の時を提供してくれる。濃厚なクロテッドクリームをたっぷりと塗って食べるのが一番美味しい食べ方。

スコーンは王都の女性達を魅了してやまない焼き菓子だった。

「どうする？」

「どうしよう？」

「早く決めろよ」


二人は顔を見合わせ、一瞬で答えを決めた。

「決めました。やっぱりだめなものはだめ、です」

「家族の鉄則。お母さんの言うことは絶対、です」

「……わかったよ」

アレが欲しい、コレがしたいと、ジジルにいつも懇願している印象があった双子だったが、あれは母親だから言えることで、言いつけを破ってまで実行に移そうとは思っていないことが発覚した。

話は聞かないように努めると主張するので、部屋の隅で耳を塞いでおくように命じた。

キャロルとセリアは素直に従っている。

「面倒だな、貴族令嬢の決まりとやらは」

「私にとっては、それが日常でした」

「そうだったな。物心ついた時からこうだと、それが普通だと思って違和感を覚えないのか？」

「ええ、そうですね……」

ふいに、アニエスの表情が陰る。だが、一瞬の出来事だったので、ベルナールは気付かなかった。

「——それで、話だが」

「はい」

さっそく本題に移る。母、オセアンヌのありえない暴走が始まっていることを告げた。

「母上がお前の婚礼衣装を作ろうとしている」

「まあ」

「あまり驚いていないな」

「はい」

結婚が決まった家では、普通のことだとアニエスは言う。

「婚約が確定すれば、母親と結婚式の準備を始めます。招待状を書いたり、婚礼衣装を考えたり。

期間は数ヶ月から最大で二年と、気が長くなるような期間をかけるそうです」

「そうなのか。いや、お前の母親が、その、亡くなったと伝えたら、自分の出番だと言ってはりきりだして」

「そう、でしたか……」

気まずい雰囲気となる二人。

ジジルに背中を押されるまま、アニエスに婚約者役を頼んだが、話は思いがけず斜め上の方向へ進んで行った。これからどうなるのか。すぐに対策などは思い浮かばない。

「ま、なんとかなるだろう」

安心させるために、婚約解消は珍しい話ではないとも言っておく。

「いざとなったら、責任は取るつもりでいる」

「え？」

「だから、心配するな」

まだ本人には伝えていないが、先日紹介のあった田舎の村にアニエスが移り住むと望めば、そこまで送って行くし、作った花嫁衣装は持って行けばいいと考えている。

そういう意味での『責任』を誓ったつもりであった。けれど、アニエスは違う意味――責任を取って結婚をすると受け取ってしまう。

「あ、あの、そこまでしていただくわけには……」

「どうせ、この先予定もない」

その言葉に、ハッとなるアニエス。

話をしながら考えごとをしているベルナールは、その挙動に気付かなかった。

「他に、想う人は、いらっしゃらないのですか？」

「誰が、何を？」

「ご主人様の、想うお相手です」

「別に、いないが？」

突然どうしたのかと聞いても、首を横に振るばかりだった。

不審に思いつつも、思考を元に戻す。

ラザールの親戚の家にアニエスを送る場合、長期休みを取る必要がある。

今まで有給を使ったことがなく、これからも使う予定はないので休めるだろうが、あとで確認をしようと考える。

憂いの表情を浮かべるアニエスに、気がかりに思う必要はないと重ねて告げた。

「ですが、そんなことまでしていただくなんて、ご迷惑では？」

「そんなの、今更だろう」

「そう、ですね。ありがとうございます」

この時代、世間一般の常識として女性に対し「責任を取る」と言うのは妻として娶ることを意味する。アニエスが勘違いをしてしまうのも仕方がなかった。さらに、ベルナールの言い方も悪かった。まさか、頭の中で田舎の村に送るための有給について考えていたなど、夢にも思わないだろう。

残念なことに二人の認識は、天と地ほどにも離れていた。

――オセアンヌが、花嫁衣装を作りを張り切っている。


それを聞いた時、アニエスは焦った。ベルナールは「責任を取る」と言っていたが、さすがにそこまで世話になるつもりはなかったのだ。

しかしながら、ベルナールの母親の行動力は、アニエスの想像をはるかに超えていた。

外出から帰って来たオセアンヌは、使用人に運ばせた分厚い冊子を前に話し出す。

「これ、最新の花嫁衣装の商品目録(カタログ)ですって。わたくしの時代とは形が違っていて、驚きましたわ」

「え、ええ……」

外出の目的は婚礼衣装の商品目録をもらいに行くことだったのだ。

「アニエスさんはどんな形のドレスも着こなしてしまいそう」

「ありがとうございます」

笑顔を浮かべながら、どういう風にやり過ごそうか考えるアニエス。

だが、そういった腹芸は彼女の苦手分野であった。

「わたくしの時代は、袖が膨らんだ――なんと言っていたかしら?」

「パフスリーブ、ですか?」

「そう、それ。パフスリーブのドレスが流行りましたの」

膨らんだ袖に、胸の下からストンと流れるスカートが当時の最先端だった。オセアンヌは結婚式の日を思い出し、目を細めながら思い出話を語っている。二人で商品目録を覗き込み、パラパラページを捲ってみたが、当時着ていた婚礼衣装と同じような意匠（デザイン）は取り扱っていなかった。

「花嫁のドレスは伝統衣装なのに、時代によって形が変わっていきますのね」

「ええ。ですが、私は母のドレス姿に憧れていて、結婚をする日はそれを纏おうと思っていました」

「まあ、そうでしたの」

アニエスの母親が纏っていたドレスも、パフスリーブのドレスだった。

「でしたら、そのドレスを手直しして、当日に着るように手配を――」

オセアンヌは言いかけてハッとなる。

アニエスの家は没落した。財産などはすべて没収されている状況にあるのだ。

悲しそうに目を伏せる彼女に謝罪する。

「気が利かなくて、ごめんなさいね」

「いえ……」

暗い雰囲気にしてしまったので、アニエスは笑顔を浮かべつつ訊ねる。

「結婚式の日のドレスは、まだお家にあるのでしょうか？」

「ええ、ありますけれど？」

「でしたら今度、機会がありましたら、見せていただけますか？」

二人の母親が結婚をした時代はちょうど同じくらいだった。もしかしたら、ドレスの型も似ているのではと、アニエスは言う。

「それを参考に、ドレスを作れたら、いいなと」

アニエスは咄嗟にドレス制作を先送りさせる理由を思いついた。

家の問題もあってまだ結婚できないので、ドレスもすぐには必要ないと、理屈も通るいい考えだと思った。

「流行の形でなくてもよろしいのかしら?」

「はい。パフスリーブのドレスは、とても可愛いと思います」

「そう。だったら――」

オセアンヌはアニエスの着想（アイデア）に同意をしめした。

「それもいいかもしれませんわね」

「はい」

こうして花嫁衣装問題はアニエスの機転により、なんとかなりそうだった。

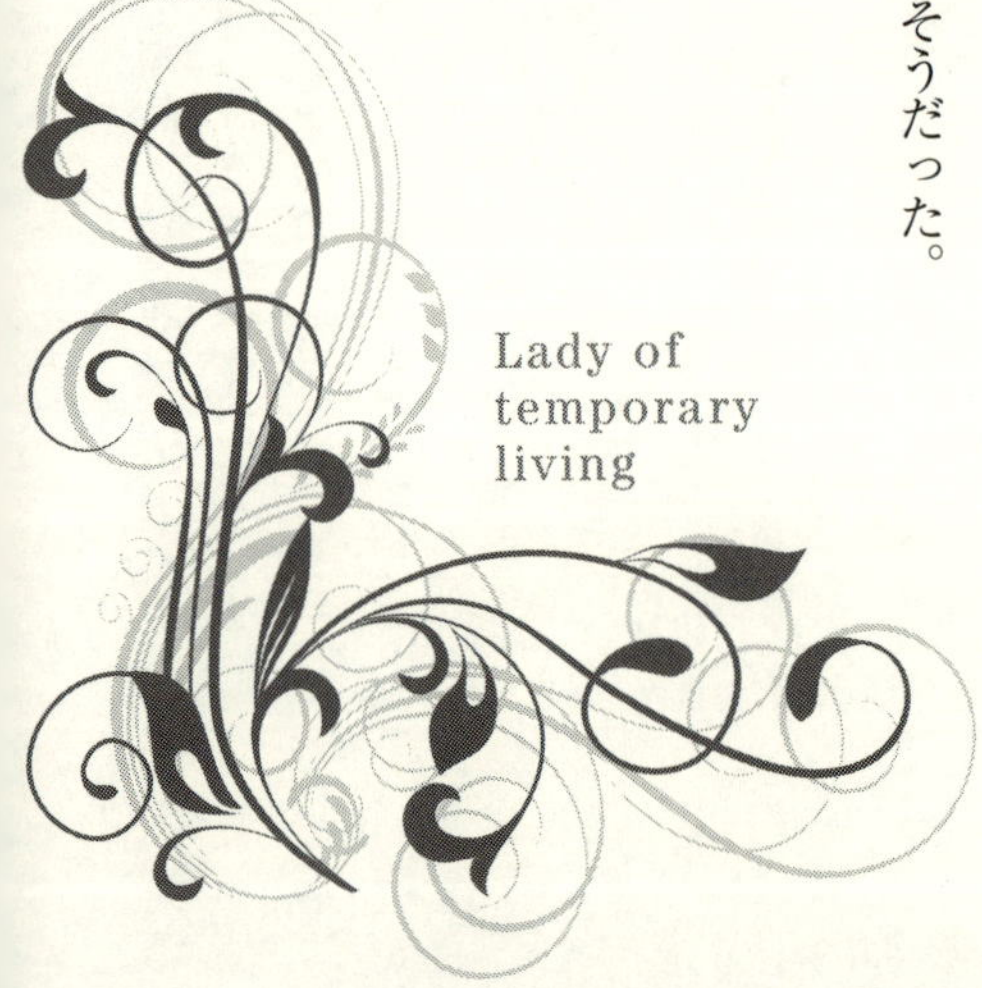

第二十話

馥郁（ふくいく）たる薔薇の花

Beaucoup de bruit pour rien.

なんでもないことで大騒ぎ

ベルナールは話があると言って執務部屋にジジルを呼び出す。中の空気は張り詰めていた。

「——それで、旦那様、お話とは？」

「わかっているだろうが！」

感情が高ぶって思わず怒鳴ってしまったが、ジジルはまったく動じていなかった。その態度も面白くないと、ベルナールは思う。

「とぼけやがって」

「もしかして、アニエスさんのことでしょうか？」

「それしかないだろう？　話が違ったじゃないか！」

今回は婚約者を紹介して、ベルナールの母オセアンヌが安心して領地に帰って終わり。そういう作戦のはずだった。

なのに、実際は想像もしていなかった方向へと進んでいく。

オセアンヌはアニエスを気に入り、花嫁衣装の面倒まで見始めた。話が飛躍しすぎだろうと、ジジルに文句を言う。

「その点については、私も想定外でした」

「どういうことだよ？」

「大奥様は慎重なお方です。このように早い段階でアニエスさんを気に入るとは思いませんでした」

「なんだよ、それ……」

ベルナールは執務机に肘を突き、頭を抱え込む。その様子を見て、ジジルが一言物申す。

「旦那様、いっそのことアニエスさんとご結婚をされてはどうでしょう？」

「は⁉」

「むしろ、お似合いだと思うのですが」

「誰と誰が⁉」

「旦那様と、アニエスさんです」

「何故⁉」

「なんとなくです」

「なんとなくは答えじゃない‼」

ジジルは首を傾げ、二人がお似合いだと感じる理由を思い浮かべる。

「そうですね。まず、旦那様はせっかちですが、アニエスさんはおおらかです。性格が正反対の方が、相性が良いように思います」

「なんだよそれ。とんでも理論だな」

「私と夫もそうですね」

ジジルの意見に疑いの目を向けていたが、実例を挙げられると納得してしまいそうになる。

「相性云々（うんぬん）の前に、勝手に決められたら向こうが迷惑だろう」

「ええ、一番大切なのは当人同士の気持ちですから。もしも大奥様が本気になって結婚話を進めようとした時は、知恵をお貸しいたします」

「悪知恵の間違いだろうが」

「どちらでも、旦那様が望むものを」

ベルナールは深い溜息を吐き、ジジルを下がらせた。

夕食後、母、オセアンヌより何か時間を潰せる物がないかと聞かれたが、ベルナールの家は娯楽が少なかった。

書斎に並ぶ本は、先輩騎士から譲ってもらった戦記ものや冒険小説ばかり。

所持している盤上遊戯（ボードゲーム）は、山賊が宝物を強奪するものだったり、怪物が王都を攻めるものだったりと、古き良き盤上遊戯の類（たぐい）はなかった。とても母親の前に出せるような代物（しろもの）ではない。

オセアンヌは今までずっとアニエスと会話を楽しんでいていたが、風呂に行ってしまったので暇を持て余していたのだ。

「それにしても、この家も随分と古くなっていましたのね」

「築百年ですから」

「まあ、そんなになりますの？」

屋根瓦の張り替えは昨日終わった。次は屋根裏部屋の修繕だが、オセアンヌの滞在が終わったあとに依頼していた。

「そういえば外壁の色、少し黄色みがかっているような気もしますが、いつ塗り替えましたの？」

「いつ、だったか」

実を言えば、屋敷を譲り受けてから一度も壁塗りをしていない。父親から五年に一回は塗り替えるように言われていたが、忙しく過ごすうちにあっという間に数年の月日がすぎていた。

屋敷の壁はドミニクが小まめに手入れをしているが、そろそろ壁塗りもした方がいいと考える。

「ベルナール、あなた、眉間に皺なんか寄せて、どうかなさって？」

「いえ……」

壁の塗り直しにかかるお金について考え、頭を痛めている最中（さなか）であったが、そんなことなど母親に言えるわけがない。

適当に、明日の勤務について考えていたとはぐらかしておいた。

話はこれで終わりだと思っていたが、母親の追及はそれだけではなかった。

「そういえば、結婚資金はどれくらい貯めていますの？」

「ケッコン、シキン？」

「ええ。最低でも――」

母親から告げられた金額に、ベルナールは目を見開く。

内訳は婚姻証書の発行費用に新郎新婦の礼服代、披露宴、新婚旅行、他にもいろいろと出費がかさむ。

衝撃の事実を知らされ、ベルナールはますます結婚への意欲が薄くなってしまった。

夕食後、ベルナールはジジルを通じてアニエスを呼び出した。もちろん、二人きりの部屋で何もしないと神に誓ったうえで。

意外にも、ジジルはあっさりと許してくれた。

向かいに座ったアニエスに、今日一日の反省会をすると告げる。

「――なんとかバレずに終わった」

「良かったです」

だが、上手くいきすぎて大変な展開となった。

「ただ、問題は母上がこの結婚話にかなり乗り気なことだ」

「ええ、そのように、お見受けいたしました」

「……まあ、なんとか、する」

「はい」

反省会をすると言ったが、昼間に話した内容とさほど変わらなかった。

ベルナールは咳払いをして、一言謝っておく。

「その、すまない」

「え？」

「軽い気持ちで、このようなことを頼んで」

アニエスはとんでもないことだと、ぶんぶんと勢い良く首を横に振る。

「わたくしは、いっこうに構いません。どうか、謝らないでくださいませ。それに――オセアンヌ様はとてもお優しく、少しだけ、母を思い出してしまいました」

「そう、か」

「はい。なんだか、素敵な思い出になりそうです」

そのように言い切ったアニエスの表情はとても晴れやかで、再会した時に見せていた鬱々とした暗い雰囲気は欠片もない。

賑やかな使用人一家が彼女の心を癒したのかと、ベルナールは思った。

それと同時に、反省すべきなのは自らだったと気付く。

とりあえず今日という日を乗り切った。疲れているだろうと考え、部屋に戻るように言おうとすれば、アニエスの方からが話しかけてくる。

「あの」

「ん？」

「今日、オセアンヌ様とお話をしながら、ハンカチの刺繍をしまして」

アニエスはポケットの中からハンカチを取り出し、広げて見せた。

そこには蔦模様が刺されている。

初めて見る模様に、ベルナールは訝しげな視線をハンカチに向けていた。

「なんだ、これ？」

「メルランの樹、という縁起物らしいです」

メルランの樹の説明をしようとしていたアニエスは、ふと、机のハンカチに顔を近づけていたベルナールの異変に気付く。目を凝らして見てみると、それは疑惑から確信に変わった。

「あの、ご主人様、首筋が赤くなっています」

「ん？」

アニエスが指で示していたところを触れてみる。すると、少しだけ腫れていた。

「虫刺され、でしょうか？」

「だろうな。朝方、ドミニクの仕事を手伝ったから、その時に刺されたのかもしれん」

「虫刺され薬をお持ちしましょうか？」

「いや、放っておけば治るだろう」

「痛くないですか？」

「言われてみれば、若干痛い気も」

「だったら、軟膏か何かあるかどうか、聞いてきますね」

「いや、いいから――」

制止も空しく、アニエスは部屋から出て行ってしまう。

――数分後、ジジルより薬箱を受け取って戻って来た。

「失礼いたします」

そう言って、アニエスはベルナールの隣に腰かける。

薬箱の中にはぎっしりと薬の瓶や箱が詰まっていた。虫刺され薬の瓶を探して手に取り、軟膏を指先で掬い取る。それを見たベルナールは待ったをかけた。

「いや、自分で塗る――」

「もう、お薬を手に取ってしまいました」

「手を拭け」

「もったいないです」

じっとアニエスに見つめられたベルナールは、どうしてかそれ以上抵抗できなかった。

「すぐに済みますので」

「……あ、ああ。だったら、頼む」

向かい合って話をしていた時はなんとも思わなかったのに、こうして並んで座ったら妙に意識をしてしまう。

即座に、花のような良い香りが近くにあるからだろうと理由付ける。なんだか落ち着かない気分になるものだった。アニエスを見ないように、目線は別の方向に向けた。

意識をしないように必死になっていると、ひやりとした冷たいものが首筋に触れる。

驚いて、ビクリと肩を揺らしてしまった。

それが虫刺され薬だと気付いたのは、アニエスの「痛みますか？」という問いかけが耳元で聞こえたからだった。すぐに首を横に振る。

あまりにも声が近かったので、横目で見れば、すぐ近くにアニエスの顔があったので、声をあげそうになる。

目が悪いので、見える位置まで接近しているということは、ベルナールもわかっていた。

だが、どうしてか心臓が早鐘を打ち、動揺していた。

ここで以前のように「近い！」と怒ればこの困った状況から脱することができるが、今、彼女は親切心から薬の塗布を行っていた。

いくら恥ずかしいからといって、怒鳴るわけにもいかなかった。

しばらく耐えようとしていたのに、アニエスは丁寧に丁寧に薬を塗ってくれる。

指先がゆっくりと首筋を這う感覚は、彼にとって言葉では言い表せないものだった。

膝の上にあった拳も、必要以上に握り締めて、堪(こら)えている。

「……まだか」

「すみません、よく、見えなくて」

額に汗が浮かんでいるのがわかる。

「終わりました」

「……ああ」

そう言われた瞬間に、ぐったりと長椅子にもたれかかるベルナール。

「一日三回ほど塗布(とふ)すればすぐに治るかと」

「わかった」

「よろしかったら、また塗布いたしましょうか？」

「え？」

「なかなか塗りにくい部位なので、わたくしが――」

「いい、自分でする！」

手の中から奪い取るように薬を掴み上げ、怒鳴ってしまった。

アニエスはぱちくりと目を瞬(しばた)かせていたが、すぐに悲しそうな顔をしてお節介だったと謝っていた。そして、彼女は夜も遅いからと、会釈をしたのちに退室していく。

最後の最後でやってしまったと、ベルナールは反省をすると同時に、アニエスには眼鏡が絶対必要だと確信する。

第二十一話　最大級の危機⁉

Qui aime bien
châtie bie.

良く愛する者は
よく罰する

アニエスは薬箱を抱えながら、とぼとぼと歩いていく。

また、ベルナールに嫌われるようなことをしてしまったと、落ち込んでいた。

反省すべき点はわかっている。薬を塗布する行為はやりすぎたと。

本来ならばああいうことは親しい者同士か家族、医療従事者しかしてはいけない。なのに、アニエスはベルナールのために何かしたいと思い、大胆な行動に出てしまった。結果、最終的には怒られる。何故、あんなことをと、深く後悔していた。

考えごとをしながら歩いていれば、あっという間に休憩所に辿り着く。他の人に気持ちを悟られないよう、気を引き締めながら中へと入った。

休憩所では、ジジルが出迎える。

「あ、終わった？」

「はい」

借りていた薬箱を元の棚に戻しながら返事をする。

ジジルは手袋を嵌め、暖炉で温めていた湯沸かし鍋を取り、予め用意していたポットに湯を注いだ。ポットからカップに注がれるのは、庭の薬草から作ったお茶。

手招きをしてアニエスを呼び、椅子に座るように勧める。

「ごめんね、カフェオレじゃないんだけど」

「ありがとうございます。ちょうど、喉が渇いていて、嬉しいです。いただきます」

アニエスはお茶のカップを両手で包み込むように持ち、あつあつのお茶を一口飲んだ。渋みと煎った葉の香ばしさが、口の中に広がる。

「旦那様、素直に薬を塗ってくれた？」

「え、ええ」

「本当？」

「はい、一応……」

自らの行動を振り返り、恥ずかしくなって目を伏せるアニエス。

そんな彼女に、ジジルは驚きの事実を告げた。

「信じられないわ。旦那様、筋金入りの薬嫌いなの」

「え？」

「散薬はもちろんのこと、丸薬に塗り薬、点眼剤、全部嫌がって、子どもの頃は苦労したものだったわ。あと、病院の先生も苦手なのよ」

「そう、だったのですね」

「ええ。多分、アニエスさんが相手だったから、薬が苦手だって言えなかったのね」

ジジルの言うとおり、薬を塗ることを初めは拒否していた。

最後に機嫌が悪くなったのも、苦手なことを我慢していたからだろうかと、首を傾げるアニエス。

「旦那様はねえ、どこもかしこも体中傷だらけなのよ。よく、訓練とか任務とかで生傷を作ったり、打ち身をしたりしているらしいの。エリックが心配して、薬を塗ろうかって聞いても気持ち悪いから止めろって怒るだけ。きちんと手当をしないものだから、傷跡が残っちゃって」

「まあ……」

「傷口は毎回綺麗に洗っているって言うんだけど、ねえ」

「治療をした方が治りも早いですし」

「そうなのよ。傷薬や湿布は、うちの人が作った特別製でね」

「ドミニクさんが？」

「意外でしょう？　とは言っても、簡単な物なんだけど。家族の間では薬局で売っている品物より効くって評判なのよ」

アニエスは直した薬箱を取りに行き、傷薬を見せてもらう。

庭で育てた薬草を使って作るお手製軟膏は、蓋を開ければふわりと花の香りがする。

「いい香り……」

「夏に摘んだ薫衣草（ラベンダー）を使って作るものなの」

薫衣草には強い殺菌成和分があり、軽い火傷（やけど）やニキビにも効くと言う。

「アニエスさんも今度作ってみる？」

「傷薬を、ですか？」

「ええ。とっても簡単なの。旦那様も、アニエスさんが頑張って作ったと言えば、手当もしてくれるかもしれないし」

「もしも、使っていただけるのなら、わたくしも、嬉しいです」

「だったら決まりね」

後日、薬作りを行うことになった。

今日の昼頃、オセアンヌはオルレリアン家の領地に戻る。

ベルナールはやっと心休まる時が来たかと、ホッと一息吐いていた。

食堂に行けば、アニエスとオセアンヌが席に着いていた。

ベルナールは心臓に悪い二人組だと思いつつ、朝の挨拶をして席に座る。

「あら、騎士服ではありませんの?」

「はい。いつも職場で着替えています」

「まあ、残念」

オセアンヌはベルナールの騎士服姿を見たかったと、がっかりした様子を見せていた。

気が収まらなかったのか、アニエスにベルナールの騎士姿を見たことがあるかと聞いている。

「何度か、ございます」

「どうでした?」

アニエスはちらりとベルナールの表情を窺う。余計なことは言うなと、険しい顔をしていた。だが、オセアンヌの質問を無視できなかったので、あとで怒られるのを承知で話すことにした。

「とてもお似合いでした。背筋が綺麗にピンと伸びていて、そのお姿はとても素敵で、ご立派だと」

「まあ、まあ、まあ!」

アニエスの感想を聞いたオセアンヌは大喜び。「お父様が聞いたら感激なさるでしょう」と言って嬉しそうにしていた。

当の本人は大袈裟に褒めすぎだと、非難めいた視線をアニエスに送っていた。

「アニエスさんは、本当にベルナールのことが大好きですのね！」

母親の言葉を聞いて、ベルナールは口に含んでいたカフェオレを気管に引っかけてしまう。ゲホゲホと苦しそうに咳き込めば、ジジルが慣れた手つきで背中を摩（さす）っていた。

その様子を、オセアンヌは冷静な目で眺めていた。

ある程度落ち着いたところで、質問を投げかける。

「ベルナール」

「……はい？」

「あなたは――と言うより、あなた達は運命的な出逢いをして、互いに惹かれ合い、苦難の道を乗り越えたのちに婚約をした、ということで、間違いありませんよね？」

母親の言葉を聞いた途端に、全身鳥肌が立った。

残念なことに、ベルナールはロマンチックな言葉を聞いたら、拒絶反応が出てしまう体質になっていた。

目を見開き、オセアンヌの質問に答えられないでいる。

このままでは作戦がバレてしまう。そう思ったジジルは、助け船を出した。

「オセアンヌ様、ベルナール様はとても照れ屋なのです」

「ああ、そうでしたわね。私ったら、息子のことなのに忘れていましたわ」

納得したような顔をしていたので、この話はここで終わりかと誰もが思っていたが、まさかの方向転換を行われた。

「では、アニエスさん。あなたなら、答えることができるでしょう？」

にっこりと、有無を言わさぬような笑みを浮かべつつ、質問をするオセアンヌ。アニエスはじっと目を見つめられ、背筋がぞくりと冷えていた。

「わ、わたくしは――」

思い浮かべた言葉を口にしようとすれば、頬が今までに感じたこともないほど熱くなるのを感じていた。

だが、ここを乗り切るには言わなければならない。今こそ恩返しのために頑張る瞬間だと、アニエスは自らを奮い立たせ、嘘偽りのない気持ちを伝える。

「――ベルナール様のことを、お慕い申しております」

頬を紅く染め、目を潤ませながらも、オセアンヌをしっかりと見ながら、言い切ることができた。

アニエスはいまだ、ドクドクと心臓が高鳴っている。緊張が羞恥に変わっていった。

一方で、ベルナールは状況を理解できずにぽかんとしている。

ジジルははらはらとした表情で、なりゆきを見守っていた。

オセアンヌは手にしていた扇を広げ、顔に風を送っている。そして、一言。

「ふふふ、お熱いこと。年甲斐もなく、顔が火照ってしまいましたわ」

あまりにもベルナールの挙動が不審すぎたため、嘘の婚約だったのではと、オセアンヌは疑っていたと言う。

「ごめんなさいね、二人の愛を確かめてしまって。まだ同居を始めたばかりですものね、照れの連続でしょう。――アニエスさん」

「はい」

「これからも、あの子のことをお願いいたします」

「こちらこそ、ふつつか者ですが、よろしくお願い申し上げます」

ピンと張り詰めていた空気が和らいでいく。

なんとか切り抜けられたとわかり、アニエスは肩の力を抜くことができた。

ベルナールは額の汗を拭っている。ジジルはこっそりと胸を撫で下ろしていた。

懐中時計を持ったエリックが食堂へとやって来て、そろそろ出勤の時間だと告げる。

ベルナールはすぐさま立ち上がり、早足で扉の方まで歩いて行った。

「それでは母上、行ってまいります」

「ええ、行ってらっしゃい」

オセアンヌは本日帰宅をする。

やっとのことで乗り越えたと、心の中で深く安堵するベルナール。

「どうか、お元気で」

「ありがとう」

これで我が家に平和がやってくる。そう思っていたが、想定外の一言に目を剥くことになった。

「そうそう。ベルナール、また、近いうちに来ます」

「え？」

「だって、私の婚礼衣装をアニエスさんにお見せしなければなりませんし」

呆然とするベルナール。どういうことかとアニエスを見れば、両手で顔を覆っていた。エリックの「馬車の到着まで、あと十二分です」という言葉にハッとなり、食堂をあとにすることになった。

聞くのは帰ってからにしようと、新たに降りかかった問題を聞かなかったことにした。

馬車に揺られ、王都の中央街に辿り着く。

朝から衝撃の展開の連続で、馬車の中では脱力していた。とりあえず、今回はアニエスのおかげで助かった。早めに帰って何かお礼でも買っていこうかと思う。

騎士団の駐屯地に到着し、『特殊強襲第三部隊』の更衣室に向かおうとすると、見知った顔が前から歩いて来るのに気付く。

親衛隊の華やかな制服に身を包み、得意満面な様子でいる男、エルネスト・バルテレモンだった。

思わず舌打ちをしたが、本人の前では従順な態度を見せている。

「やあ、おはよう」

「……どうも」

挨拶もそこそこの状態で、近くにあった部屋に来るように言われた。

エルネストは鍵を掛け、ベルナールに座るように言う。

「さて、君に報告があって来てもらった」

「……左様で」

エルネストは先日賜(たまわ)ったという、勲章(くんしょう)を見せびらかしていた。なんでも、信頼が厚い騎士に王子より贈られた物だと自慢していた。

どうでもいい話が長くなりそうだったので、朝礼前だと言ってさっさと用件を告げるように急(せ)かした。

「――ああ、そうだったね。話はアレだ。君達に調査を依頼していたアニエス・レーヴェルジュが見つかったんだ」

「⁉」

まさかと、目を見開くベルナール。エルネストは何かを含んだような笑みを浮かべていた。

そのために呼び出したのかと、目の前の男を睨む。

「はは、そう怖い顔をしないでおくれよ。彼女を連れて来れば、金貨十枚は君の物だよ。もちろん、昇進の面倒も見てやろう」

「……大馬鹿者め」

「え？　今、私に馬鹿と言わなかったか？」

「言うわけないだろうが」

「聞き違い、なのか……？」

首を捻りつつ、話をアニエスに戻す。

ベルナールが乗ってこないので、今日中に連れて来れば金貨をさらに一枚増やすと言ってくる。

「上司に相談して決めるのもいいが、その場合報酬は山わけになってしまうだろう。この先ずっと従う相手は誰か、よく考えるといい」

ベルナールはアニエスを渡すつもりはまったくなかった。

だが、居場所がバレている状態で拒否すれば、連れ去られてしまう可能性もある。

すぐに立ち上がり、一度自宅へと帰ることに決めた。上司に相談している暇なんてない。

母に頼んで、アニエスをオルレリアン家の本邸に連れて行くよう頼むことにしようと決心。

怒りが込み上げて握り締めた拳は、自らの手のひらに強く打ち付けて発散させる。

「ほう、やる気があるようだな」

「……溝に嵌まりやがれ」

「え？」

「なんでもない」

「いや、今、私には相応しくない、薄汚い言葉が聞こえたような」

「幻聴が聞こえるほど、働きすぎて疲れているのだろう」

「そ、そうかな？」

ベルナールは付き合ってられないと話を折ったが、エルネストは話を続ける。

「では、ここの娼館に向かってくれ」

懐から紙を取り出し、ベルナールへと差し出してくる。

「──え？　娼館……？」

「ああ、そうだ。噂によれば、アニエス・レーヴェルジュはここにいる」

「アニエス・レーヴェルジュ、が？」

「そうだ。数日前より潜伏していたらしい」

ベルナールはすとんと長椅子に座る。

地図に書かれているのは歓楽街。

数日前より潜伏をしていたということなら、それはアニエスではなく、別人ということになる。

深い安堵の溜息を吐く。

アニエスの居場所がバレたわけではなかったのだ。

第二十二話

意外な結末

Qui sème le vent récolte la tempête.

風を蒔く者は嵐を収穫する

偽物のアニエスは、夜な夜な名だたる貴族を娼館に呼び出しては、支援を望んでいるらしい。

「君、『糸杉(いとすぎ)の宿』に行ったことは？」

「ない」

「え？　またまた、冗談を。一度くらいは行ったことはあるだろう？」

「だから、ない」

『糸杉の宿』は、王都一の高級娼館。

ベルナールが知っているのは、裏社交界の楽園とも言われ、類稀(たぐいまれ)なる美貌に豊かな教養を兼ね備え、様々な流行に精通し、さらに男を喜ばせる話術に富んだ者達が在籍していることくらいだ。

「アデリーヌ・ブルゴー＝デュクドレーも知らないのかい？」

「誰だ？」

「花柳(かりゅう)界の女王と呼ばれている、高級娼婦だよ」

話を脱線させるエルネストに苛立ちながら、本題に移るようにと急かす。

「ああ、そうそう。それでね、『宿』でアデリーヌ・ブルゴー＝デュクドレーの地位を揺るがす存在が現れたらしいという噂が広まっていたんだ」

「それが、かつての伯爵令嬢、アニエス・レーヴェルジュだと？」

「そう」

身請けするためのお金も用意しており、『宿』との交渉などもベルナールに任せると言ってくる。

「ああ、そうだ。なんなら、一度だけ楽しんでくるのもいい」

「は？」

「これで足りるだろう」

懐から取り出された革袋は、重たい音を立てて机の上に置かれた。特別な者しか手に入れられないという、娼館への招待状もその隣に並べる。

「彼女は、まだ誰も手を出していないという話らしい」

「娼婦なのに？」

「そうだ。皆、珍しいもの見たさに行っているのだろう。処女は面倒だから、いろいろと教えてやってくれ」

エルネストの言うことが理解できず、言葉を失うベルナール。

彼は、厳格な父親と母親の背中を見ながら育った。

生涯を共にする女性はたった一人で、愛人を迎えることですらありえないことだという認識である。今回の話だけでも呆れた話なのに、エルネストはなんのために愛人にしたいのか、理解に苦しんだ。

「交渉には行くが、相手はしない」

「何故？　もしかして君、女性が苦手なの？」

「さあな」

「変な人だ」

ベルナールは「お前ほどではない」という言葉を寸前で呑み込んだ。

「そもそも、どうしてそこまでアニエス・レーヴェルジュに固執する？」

「彼女は面白い人だからね」

「面白い、だと？」

「そう。何年前だったかな？　園遊会で、彼女は睨んできたんだよ、私を――」

何がおかしいのか、エルネストは腹を抱えて笑い出す。

「私に媚を売らない女性は初めてだった。だから、そんな人を傍に置いていたら、愉快だろう？」

「いや、同意を求められても」

「君にはわからないか」

わからなくて良かったとベルナールは思う。

「まあ、そんなわけだから、私はアニエス・レーヴェルジュを手に入れるためにお金は惜しまない」

エルネストのしようもない話は聞き飽きた。話の途中で勝手に立ち上がり、今から娼館に出かけることを告げる。

「ありがとう。引き受けてくれて嬉しいよ」

軽い調子で礼を言うエルネストに背を向け、机の上にあるお金と招待状を取って、部屋を去る。

まずは上司に相談しようと、早足で執務室まで向かった。

「――酷いとしか言いようがないな」

ベルナールはラザールにエルネストから聞いたネタをすべて話した。

「しかし、偶然というものはあるものだな」

引き出しの中に入れていた書類を取り出し、机の上に置く。

それは、本日の任務が書かれているものだった。

「どうやら、『糸杉の宿』が薬物売買の取引を行う場になっているらしい」

今まで諜報部が内偵していたらしいが、数日前に裏が取れた。関係者の一人を拘束することに成功したらしい。

だが、まだ店先での取引の場を押さえていないので、ラザール率いる『特殊強襲第三部隊』への任務として、潜入調査及び、全容疑者の拘束を命じられたのだ。

「薬物取引の斡旋をしているのは、新しくやって来た女性らしい。詳細は喋らなかったらしいが、多分それがエルネスト・バルテレモンの言っている偽アニエス嬢だろうな」

作戦は単独任務で『糸杉の宿』へ潜入し、現場を押さえたところで他の隊員を娼館へ投入をする。

「潜入は三時間後」

「昼間に、ですか？」

「ああ。白昼堂々と取引しているらしい」

娼館に朝も夜も関係ないのか。

呆れた話だと、ベルナールは眉間に皺を寄せながら聞いている。

「それで、潜入調査をする者だが――」

こういう時は演技が達者な者が選ばれる。だが、ラザールは今回はベルナールに命じてきた。

「俺が、ですか？」

「ああ。何事も経験だろう」

　決定を意外に思う。ベルナールには潜入調査の経験はなく、その場の状況を読みながら演技する能力はないと言い切れる。

「一応、数日間諜報部の者が金払いのいい客として潜入をしている。今回の招待を得るために多額の金を払ったらしい。演技力に関係なく、上客と判断して尻尾を出すだろう」

「わかりました」

「これが、娼館への招待状とやらだ」

　差し出された招待状は、先ほどエルネストから預かった物とまったく同じ物だった。

　今回はこちらを使うように言われる。それから、変装用の鬘(かつら)、髭なども渡される。

　服装は通勤用の私服でいいと言われた。着替えていなかったので、そのまま向かうことになる。

「鬘は馬車の中で被った方がいいな」

　他の隊員達も集められ、作戦会議が始まった。

　三時間後、作戦は決行される。

　潜入用の高級な馬車に乗り込み、ガタゴトと音を立てながら走り出すとすぐに、窓のカーテンを閉めた状態でベルナールは変装を始める。

　くすんだ金髪の鬘を被り、口元には髭をつけた。目元は前髪でほとんど隠れているので、目から感情を読み取れないだろうとラザールは言っている。

　手にしている杖(つえ)は仕込み刀となっており、他にも体に至る場所に武器を隠し持っていた。

「偽伯爵令嬢の部屋はわかっている。近くに待機をしているから、薬を出したら窓を開け。それが合図となって突入する」

「了解」

作戦に間違いがないよう、今一度確認をしておく。

変装用の仕立ての良い外套を纏い、馬車が『糸杉の宿』に到着するのを待つ。

シンと静まった車内で、突然ラザールが噴き出した。

「別人のようだ」

「？」

その言葉に首を傾げていたが、鏡を手渡され、変装した姿を見て、笑われた意味を理解する。

鬘や髭をつける時は部分的にしか見ていなかったので、全体の様子を確認していなかったのだ。

「そうですね。……こうして見ると、父親によく似ています」

「そうか」

意味のない会話であったが、ベルナールの緊張は少しだけ薄らいだ。

そんなことをしている間に馬車は『糸杉の宿』に到着する。定刻となったので、潜入を開始する。

「おい、忘れ物だ」

「なんですか？」

手渡されたのは、高級なお酒だった。偽アニエスへの手土産として持って行くよう言われる。

続けて特別な酒の中身を聞き、ベルナールは心強い味方だと思った。

貴族の社交場と遜色ないほどの立派な建物が並ぶ中でも『糸杉の宿』は特別豪奢（ごうしゃ）な外観をしていた。出入り口の門番に、招待状を示せば、中へと案内される。玄関（エントランス）には女主人が待ち構え、歓迎をしてくれる。招待状を渡せば、すぐに部屋へと案内をしてくれた。

「──では、ごゆっくり」

驚くほどあっさりと、部屋まで通される。

扉をどんどんと叩き、持ち手を捻って部屋に入る。部屋の中は想像していたのより、明るかった。

中は居間のようになっており、机の上にはお茶とお菓子が用意されていた。

奥にもドアがあり、そこに寝室があるのだろうと考える。

事前に聞いていた窓は扉の正面にあった。その辺りに、隊員が待機しているのだろうと思う。

状況確認が済んだ頃に、寝室と思われる部屋から女性が現れた。

「──はじめまして」

女は媚を売るような高い声で挨拶し、予想どおり、アニエス・レーヴェルジュと名乗る。

その姿を見たベルナールは驚いた。

偽のアニエス・レーヴェルジュを名乗る女性は、本物のアニエスとよく似ていたのだ。

仕草や表情、雰囲気まで似ている。アニエスをあまりよく知らない者が見たら、本人と間違って
しまうのではと思うほどに。

「まずはお茶を楽しみましょう」

「……ああ、そうだな」

席に着き、じっくりと観察する。時間をかけてよくよく確認してみれば、偽者は濃い化粧で、ア
ニエスに近づけた容姿を作っており、それほど似ていないこともわかった。

しかし、扇子を片手に喋る様子などは、貴族令嬢然としている。

これらの振る舞いはすぐにできるものではない。高貴な貴族令嬢として育てられ扱われて、自然

と身に付くものなのだ。

　もしや、アニエスの悪い噂の原因は目の前の女性にあるのではと、疑いの目を向けてしまう。

「こちらのお菓子は、街で流行っている『白うさぎ喫茶店』のスコーンですの。とっても美味しいので、よろしかったら」

『白うさぎ喫茶店』のスコーン。聞いたことがあるなと、赤い果肉が練り込まれた焼き菓子を眺める。

「──あ」

「どうかなさいましたか？」

「い、いえ、つい先日──」

　キャロルとセリアが食べたいと言っていたお菓子だった。途切れた言葉の先は、「妹が食べたがっていた」、ということにしておいた。

　双子は産まれた時から知っているので、妹みたいなものだから、間違いではない。

「でしたら、お土産に持って帰ってあげて。さあ──」

　偽アニエスは皿の上にあった四つのスコーンを布に包み、ベルナールに渡してくれる。せっかくの厚意なので、ありがたくいただくことにした。

　妹思いな話で警戒が解けたのか、偽アニエスはよく喋るようになった。

　ベルナールも、辛抱強く相槌を打つ。

　途中、手土産として持って来ていた酒を飲もうと誘えば、あっさりと応じる。

　酒の入った偽アニエスは、どんどん饒舌になっていった。

　そして、話は事件の核心に触れる。

「――もう、こういう生活は嫌なんです」

「こういう生活とは？」

「人を騙して、大金を奪い、悪いことをするなんて……」

ボロボロと涙を流しながら言う。自白剤入りの酒の効果は絶大であった。

ベルナールが何も言わなくとも、自分から棚の中から箱を取りだし、床にぶちまける。

出てきたのは白い粉。

そして、立ち尽くしていたベルナールの前に跪く。

「……お、お願いです、私を助けて、ください」

彼女は子だくさんな貧乏な家庭に産まれ、物心ついた時から空腹ばかり覚えていた。

十歳になったある日、アニエスに似ていることから、身代わりにならないかと、とある人物に誘われる。そこから、七年間、貴族令嬢の教養や物腰を叩き込まれた。

完全な令嬢となったところで、社交界で暗躍を命じられる。

「それは、ここ最近の話か？」

「は、はい」

今までたくさん悪いことをしていたと話す。

「妹達に会いたい、です。もう、何年も、会っていません……。この美味しいスコーンを、食べさせて、あげたい」

ベルナールは不幸な女性を見下ろしながら言う。

「――わかった。お前を助けてやろう」

同時に、部屋の窓を大きく開く。

冷たい風が一気に吹きつけ、床に広がっている白い粉がさらりと宙を舞う。

その瞬間、娼館の出入り口が破壊され、強行突入が始まった。

結局、薬の取引をしていたのは偽アニエスだけではなかった。
娼館のあちらこちらに大量の薬物が隠されていた。
逮捕者は蔓（つる）を手繰（たぐ）れば大量に収穫される芋（いも）のように、次々と拘束されることになった。
けれど、偽アニエスを作った中心人物はその中にいなかった。おかしなことに、誰も知らなかったのだ。尻尾を掴ませないよう、毎回代理人を立てていたことが発覚する。

大仕事を終えたベルナールは、馬車の最終便で家路に就く。

本当に大変な一日だったと、眉間の皺を解しながらの帰宅となった。

玄関に入れば、遅い時間なのに待っていてくれたアニエスの姿が。家の中は温かく、今まで寒い中で剥き出しになっていた指先がジンと痛む。

おっとりとした微笑みを浮かべるアニエスの姿を見ていると、どうしてか酷くホッとしてしまう。

悲惨な話を聞き、悪意に満ちた現場にいた反動だと思った。

「おかえりなさいませ、ご主人様」

アニエスの声を聞けば張り詰めていた心が安らぐように感じ、ベルナールは初めて「ただいま」という言葉を口にした。

第二十三話

スコーンとホット蜂蜜レモンと

Les extrêmes
se touchent.

両極端は
触れ合う

偽アニエスの逮捕劇は、社交界に大きな衝撃をもたらした。

週刊誌は大きく取り上げ、またしても彼女は時の人になってしまう。

「――まあでも、以前よりはマシになったんじゃないか？」

ラザールは雑誌を片手に呆れた表情を浮かべつつ言う。

良かったことといえば、アニエスの悪い噂のすべては偽アニエスの所業で、本物のアニエス本人はまったく悪くないと報じられている点だった。孤児院の修道女(シスター)の証言も載っていた。控えめで謙虚な人柄、孤児院での長年にも及ぶ活動など。書かれている内容に嘘はないように見えた。

「だが、本物のアニエス嬢がいまだ行方不明扱いなのはいただけない」

「そうですね……」

偽アニエス事件について書かれた雑誌は飛ぶように売れているらしく、記者が必死に本物のアニエスの行方を捜しているのは容易に想像できた。

「そういえば、移住の件は聞いてみたか？」

「いえ、まだです」

「家の問題はどうなった？」

「片付きました。夜に聞いてみます」

「ああ、頼む」

今、王都周辺で暮らし続けるのは危険だと思った。

ベルナールの家は郊外にあるとはいえ、多少人の出入りがある。まったく誰も来ない場所ではなかった。隠し通すのは難しくなるだろうと考えている。

「ま、そういうわけだ。話は以上。あとは任せてくれ」

「はい。ありがとうございます」

本日は半休を取るようにと、命じられていた。

ここ数日、事件の後処理で息つく間もないほど忙しい毎日だった。上司の配慮を嬉しく思う。

事はすでにベルナール達の元から離れた場所にある。捜査が進めば、偽アニエスを作り出した真犯人も捕まるだろう。やっと落ち着くことができるのだ。


ベルナールは私服に着替え、街に出る。賑やかな街の風景を見渡していると、ふと思い出した。

アニエスに婚約者役のお礼を渡していなかったと。母親が帰る日に何か買って帰ろうと思っていたが、偽アニエス事件に巻き込まれてすっかり忘れていた。

焼き菓子でも買おうと周囲を見渡せば、白い兎の看板が目に付く。

『白うさぎ喫茶店』

キャロルとセリアが熱を上げていた、焼き菓子を出す店だった。

結局、偽アニエスからもらった焼き菓子は証拠品の一つとして提出してしまった。

店先にはうんざりするような長さの列ができている。

よくよく見てみれば、列は二手に分かれていた。片方は店内へ、もう片方は店にある小さな小窓から何かを受け取っている。

どうやら焼き菓子の持ち帰りも販売しているようだった。その列は店に入る客よりも多い。

ベルナールは眉間に皺を寄せて、列を眺める。

購入に至るまで、大変な思いをすることは見てわかった。

だが、女性の喜ぶものなんてわからない。あれだけ双子が食べたがっていたのだから、アニエスも好きだろうとそう思い、ベルナールは焼き菓子の持ち帰り販売待機列に加わることになった。

最後尾に並べば、先の見えない列に絶望すら覚えてしまう。

吹く風も肌を刺すような冷たさである。

ここ数日、バタバタしていて家に帰れない日もあった。寝不足の体に、北風が沁(し)みる。

知らないうちに疲労を溜めていたのだと、今になって気付いたがもう遅い。


それから二時間後、やっとの思いで購入することができた。

寒空の下に立ち尽くしていたので、体は冷え切ってしまった。

喉がイガイガと違和感を覚え、激しく咳き込む。

小脇に抱えたお菓子は焼きたてで、とても温かかった。焼き菓子で暖(だん)を取りつつ、早く帰って押し付けようと、出発間際の馬車に走って乗り込む。

屋敷に辿り着くころには、ふらふらな状態になっていた。

扉を開き、玄関に入ると、早すぎる帰宅に驚いた顔をするアニエスの姿があった。

どうやら床掃除をしていたようで、手には箒(ほうき)を握っている。

「お、おかえりなさいませ、ご主人様」

「ああ、ただいま帰った」

寒かったのでカフェオレを用意するかと聞いてくるアニエスに、ベルナールは首を横に振る。渇きは覚えていたが、喉が痛くてそれどころではなかった。

とりあえず、お菓子を渡す。

「……これ、買ってきた」

アニエスはきょとんとした顔で、焼き菓子の入った箱を受け取る。

「……食べろ」

「こちらは、わたくしに？」

お菓子はアニエスのために買った。それで間違いないのに、異性に物を贈った経験がないベルナールは恥ずかしくなってしまう。

その結果、口から出てきたのは、意図とは違う言葉だった。

「――か、勘違いをするな。お前のために買ってきたわけではない。キャロルとセリアが食べたがっていたもので、だから、皆で分けて、食べろ」

「さ、左様でございましたか。ありがとうございます」

買って来た焼き菓子は、全部で二十個。

アニエスが他の人にも分けられるように、多めに買ってきていた。それを素直に言えなかった自分に嫌気が差す。

熱でぼんやりとした頭では、物事を冷静に考えることができない。

喉の痛みも増し、咳も止まらなくなっていた。

部屋で休めば治る。そう思って、まっすぐ寝室に向かった。

途中で会ったエリックには、休むのでしばらく部屋に入らないように伝えておく。

主人に忠実な執事は、頭(こうべ)を下げて見送った。

上着を脱いで椅子にかけ、タイを雑に外す。シャツのボタンを二個外したところで力尽きる。

寝間着に着替える元気もなかった。水差しの水をグラスに注いで半分ほど飲み、そのまま寝台に転がる。

それから数時間、ぐっすりと眠っていた。

ひやりとした、額からの冷たさを感じて目を覚ます。熱を帯びたベルナールの手には、心地良い冷たさだった。

手を当てれば、誰かの指先に触れた。それを、意味もなくギュッと握る。

握った手は、すべすべとしていて、柔らかい。

手の中の冷たさに触れているうちに、だんだんとぼんやりしていた思考がはっきりしていく。

握った手は自分のものではなく、間違いなく他人の手。キャロルやセリアの小さな手ではなく、ジジルの水仕事などで荒れた手でなく、ドミニクのごつごつした手でもない。

匙(さじ)より重たいものを持ったことがないような綺麗な手。なのに、手の腹は少しだけ皮が厚くなっていて、マメができていた。それは、大きな違和感でもある。

――貴族の令嬢のようなきめ細やかな肌に、マメ？

「う、うわ！」

慌てて手を離し、瞼を開く。

枕元には、困った顔をしているアニエスの姿があった。

「な、お前！」

「はい」

「何故、ここに？」

混乱した頭で問いかける。アニエスは優しい声で答えた。

「その、ご主人様のお世話を」

「せ、世話？　どうして？」

「お医者様は、風邪だと」

「か、ぜ？」

「はい」

言われてみれば頭がズキズキと鈍痛（どんつう）を訴え、喉の痛みも増している。

酷く咳き込んでいたような記憶もあった。

「喉は渇いていませんか？」

「ああ、まあ」

「では、蜂蜜檸檬（レモン）を準備します」

アニエスは暖炉から湯沸かし鍋を取って、円卓にある鍋敷きの上に置き、カップの中に材料——乾燥檸檬、蜂蜜、砂糖——を入れる。

くるくると、カップの中身を匙で掻き混ぜる様子を、ぼんやりと眺めていた。

手渡されたそれは、ふんわりと甘い香りが漂ってくる。一口飲めば、甘酸っぱい風味が口の中に広がった。ホッとするような優しい味で、喉を刺激するものでもない。ゆっくりと、時間をかけて飲み干していく。

次にアニエスは林檎（りんご）を剥き、ベルナールに勧めてくる。食欲はなかったが、薄く切られたそれな

ら食べられるような気がして、口に運んでいく。甘くて美味しかったので、一個分を食べきってしまった。

最後に、手渡された薬を飲む。

薬を飲み終えたのと同時に、エリックが着替えを持って来た。夕食について聞いてきたが、首を横に振って必要ないと言っておく。

アニエスが部屋を辞すれば、汗を掻いた服から寝間着に着替え、再び眠ることになった。

翌日。日の出前に目を覚ます。

薬が効いたのか、頭痛も喉の痛みもすっかりなくなっていた。

お腹がぐうと鳴り、昨晩夕食を断ったことを思い出す。

寝台の近くにあった机には誰かが看病してくれた痕跡(こんせき)があった。

それを見ながら、風邪を引いたのなんて十数年ぶりだなと、しみじみ思う。

体を伸ばし、深呼吸をした。体はすっかり軽くなっており、健康そのものであった。

エリックを呼び、湯を用意するように命じた。体を綺麗に拭いてから、食堂に移動する。

ベルナールの姿を見て驚いたのは、ジジルだった。

「旦那様、風邪、もう治ったみたいですね」

「ああ、すっかり良くなった」

「もしかして、お仕事に行かれるのでしょうか？」

「当たり前だ」

「一日くらいゆっくりお休みをされては？」

「そんなに柔じゃない」

「左様でございましたか」

食卓に並べられた料理を、ベルナールは次々と平らげていく。

その様子を見て、ジジルは心配いらないと安心する。

「そうだ、旦那様」

「なんだ？」

「旦那様を朝方までずっと看病をしていたのは、アニエスさんです。――あ、別にお礼を言って欲しいとかではなく、事実を報告すべきかなと思いまして」

「そう、だったのか」

おぼろげな意識の中で飲んだ蜂蜜檸檬や、甘い林檎を食べたのは夢ではなかった。それから、握ってしまった細く柔らかな手のことも。

記憶を蘇らせ、羞恥心に襲われる。

「ああ、あと、スコーン。ありがとうございました。娘達も喜んでいました」

「……」

双子の言っていたスコーンのせいでベルナールは風邪を引いた。やつあたりだが、若干の憎らしさを感じてしまう。スコーンを食べたアニエスの反応もなんとなく気になっているが、聞くのも癪だと思う。

ジジルに見られていることも気付かずに、一人で百面相するベルナール。自覚はないものの、彼は感情が顔に出てしまうタイプだったのだ。

　そんな彼女から、衝撃の一言が発せされる。

「昨日は特に冷えていましたから、行列に並ぶのも大変だったでしょう？」

「――は、はあ⁉」

「『白うさぎ喫茶店』のスコーン、毎日数時間待ちだという噂です。使用人一同のために大変な思いをして買って来てくださるなんて」

「お、お前、それ、他の人に、言っていないだろうな！」

「ええ、もちろんです」

「も、もしも、言ったら」

「言ったら？」

　どんな罰を与えようかと思ったが、何も浮かんでこない。とりあえず、「言ったらただじゃおかないからな！」と宣言しておいた。

　それにしてもと考えながら、眉間に皺を深く刻む。

　せっかくアニエスへお礼をして気が晴れたと思っていたのに、また借りを作ってしまった。

　また、何かお礼をしなければならない。


　慣れないことに、頭を悩ませるベルナールであった。

第二十四話

アニエスとお薬

Froides mains,
chaudes amours.

冷たい手、
暖かい愛

朝、ベルナールが苦悶している頃、アニエスはフラフラな状態でミエルの朝食の準備をする。

食欲旺盛な子猫は、足元でミャアミャアと元気良く鳴いていた。

途中、ジジルがいつものように朝食を持ってやって来る。

「アニエスさん、おはよう」

「おはようございます」

「顔色悪いわね」

「そうですか？」

「ええ、大丈夫？」

「はい、平気です」

「だったらいいけれど」

ジジルは朝食の載った皿を椅子の上に置き、ミエルを抱き上げて籠の中に入れて、布を被せた。

アニエスは一晩中ベルナールの看病をしていた。恩返しの一つとして、自ら望んだのだ。

看病する相手は成人男性であり、薬を飲んだあとならば悪化することもない。

医者も一晩安静にしていれば、すぐに治ると言っていた。

なので、アニエスが看病の途中で眠ってしまっても、問題ないだろうと思ってジジルは任せることにした。

アニエスの顔は青ざめ、目の下には濃いくまがある。彼女は酷く憔悴（しょうすい）していた。一生懸命看病をしていたというのは見てわかる。

「どうだった？」

「上手く、看病できていたかはわかりませんが……」

子どもの頃、風邪を引いたら乳母が一晩中看病をしてくれたのを思い出しながら、行ったと話す。

「途中、母が様子を見に来た時に蜂蜜レモンを作って持って来てくれて――」

それが美味しくて、幼いアニエスはホッとした。

風邪を引いた時は心も不安定になる。少しでも、それを和らげることができたらいいと思った
アニエスは、はにかみながら話す。

「大丈夫。看病、上手くいったみたい。旦那様、すっかり元気になっていたわ」

その言葉を聞き、深く安堵した様子を見せていた。

「それにしても凄いわね。あの薬嫌いに有無（うむ）を言わさず薬を飲ませて、一晩で治すなんて」

「そんな凄いことは……」

「あるのよ、それが！」

ジジルは幼少期、ベルナールと薬を巡る奮闘を面白おかしく語り始める。

「とまあ、こんな感じで――あら、もうこんな時間。そろそろ食事にしましょうか」

本日の朝食は大きなビスケットに、チーズ、ゆで卵、皮付きのリンゴが一切れ。

調理場担当のアレンが休みの日なので、実にシンプルな朝食が用意されていた。

残念なことに、徹夜明けのアニエスはほとんど食べられなかった。代わりにジジルが平らげる。

「すみません、せっかく準備していただいたのに」

「そういう日もあるわ」

しょぼんとするアニエスの背をポンポンと叩きながら、軽い調子で励ます。

朝食後、このあとの予定が言い渡された。

「アニエスさん、お仕事は午後からお願いできるかしら？　ミエルの面倒はドミニクが見ているから、安心して」

「そ、そんな。わたくしは大丈夫です」

「昨日から働き詰めだったでしょう？　これは命令」

「……はい、わかりました。ありがとうございます」

命じたことを素直に受け入れたので、いい子だと頭を撫でるジジル。

アニエスは言われたとおり、午前中は休むことにした。


ゆっくり睡眠を取ることができたアニエスは、張り切ってお仕着せに着替え、一階まで降りていく。まず、庭にミエルを迎えに行った。

ドミニクは庭木周辺の土を解し、油かすや落ち葉、家畜の糞などの肥料を埋めていた。

これらは土の中で発酵し、春になれば木々の栄養となる。

忙しそうにしていたので、頃合いを見て、声をかける。

ミエルはドミニクのポケットの中ですやすやと眠っていた。お礼を言って受け取る。

母親の胎内のような場所で丸くなっていたミエルは、ほかほかと温かくなっていた。

そんな子猫を抱き、三階の陽当たりが良い場所に寝かせておく。餌はお腹が空いたら食べるだろうと思い、いつもの場所に置いた。つい最近、自力で食べられるようになったので、その辺の心配はもういらない。

調理場を覗き込めば、ジジルが昼食の準備をしていた。アニエスも手伝う。

正午を一時間ほどすぎた時間帯に、使用人全員で昼食を摂る。

品目は焼いた肉をパンに挟んだものに、山盛りになった揚げた芋。

休みのアレンも一階にやって来ていたが、母親の作った料理に愕然とする。

「今日の料理当番、母さんだったのか……。なんていうか、相変わらず雑い」

「文句言わないの！」

アレンの料理は繊細で、彩りも鮮やか。一方で、ジジルは大ざっぱで茶色い料理しか作らなかった。ドミニクとエリック、アニエスは、黙って食べている。それを見習えと、ジジルは二番目の息子に指導する。

「旦那様ですら、私の作った料理に文句を言ったことがないのに」

「旦那様は昔からなんでも食べるいい子です」

「なんですって⁉」

まあまあと、無表情で間に割って入るエリック。親子喧嘩はあっさりと終息した。

しんと静かな食卓で、アニエスは我慢できなくなり、笑い出してしまった。

「ほら、アレンのせいで笑われてしまったじゃない」

「面白いのは母さんの料理で、僕じゃない」

日々を満喫していた。

様々な柵（しがらみ）に囚（とら）われることなく、今まで味わったことのない、庶民としてのささやかだが充実した
貴族社会ではありえない行為であったが、彼女はもう伯爵家のご令嬢でもなんでもない。

アニエスはここに来て、お喋りしながら食事を楽しむことを覚えた。

「いいのよ。キャロルやセリアなんかがいる時は、もっと賑やかだから」

「ご、ごめんなさい……お食事中なのに」

「また、あなたは」


午後からは傷薬作りを教えてもらうことになった。

ジジルの指導の元、製薬を開始する。

「まず、材料から説明するわね」

まず取り出されたのは、蝋（ろう）に似たくすんだ黄色の塊。

「これは蜜蝋（みつろう）――蜂蜜の巣ね。皮膚の保湿と抗菌、美肌効果なんかもあるのですって」

アニエスは教えてもらっていることを一生懸命紙に書いていく。

「で、こっちは精油」

香りには鎮静効果と消炎、殺菌作用がある薫衣草（ラベンダー）。

万能薬とも言われている茶樹草（ティーツリー）。

それから、皮膚の保湿や抗炎症作用のある砂漠の実（ホホバ）。

夏季に採れるこれらの三つの植物から、ドミニクがせっせと作った精油だ。

「作り方はね、本当に簡単」

精製した蜜蝋を湯で溶かし、精油を数滴ずつ垂らし混ぜ合わせるだけ。

完成したものは煮沸（しゃふつ）消毒した缶に入れ、トントンと机に打ち付けて中の空気を抜く。それから、きっちりと蓋を閉じたら出来上がり。

「とまあ、こんな感じ」

「ご指導、ありがとうございます」

「いえいえ」

他にも、筋肉痛を緩和するものに、日焼けの痕を薄くするものなど、精油の組み合わせの違いで様々な薬が作れることを教えてくれる。

「この傷薬はアニエスさんにあげる」

「いいのでしょうか？」

「ええ。お好きにどうぞ」

「嬉しいです。ありがとうございます」

初めて作った薬を、アニエスは胸の前にぎゅっと抱きしめた。

冬の日没は早い。
騎士団の終業を知らせる鐘が鳴る頃には、すっかり暗くなっている。
終礼を終わらせ、家に帰ろうとしているベルナールを引き止める者が現れた。
「やあ、奇遇だね」

「……どうも」

「ちょっと話があるんだ」

行く手を阻むのは、エルネスト・バルテレモン。

ベルナールは話をしたくなかったが、どうせアニエス関連のことだろうと思い、渋々誘いに応じる。通された部屋は埃っぽく、喉が敏感になっていたので咳き込んでしまった。

「大丈夫かい？」

「……ああ」

覗き込んでくるエルネストの顔を見て、ふと思い出す。

上着の内ポケットに、以前偽アニエスの捜索依頼の前金を入れたままだったことに。

硬貨(コイン)の入った袋を手渡せば、ポカンとするエルネスト。どうやらすっかり忘れていたようだ。

「そうそう、話もアニエス・レーヴェルジュのことなんだ――」

彼は焦っていた。社交界で再びアニエスへの注目が集まり、エルネスト同様に捜索を始めている者達がいると。

「彼女はいつの間にか、悲劇の聖女扱いだよ」

「それはそれは、お気の毒に」

ベルナールはあくまでも「無関係です」と言った感じの言葉を返す。

「こういった事態は面白くない。彼女は私が先に目を付けたのに」

社交界の人々の鮮やかな手のひら返しに、ベルナールは呆れた気持ちになる。

記事に書かれた話が何倍にも膨らみ、アニエス像をどんどん歪めていた。

彼女は聖女なんかではない。ごくごく普通の、どこにでもいる平凡な女性だった。

「それで？」

「いや、話を聞いて欲しかっただけだ」

「は？」

「人に話せば、案外すっきりするものだね」

呆然とするベルナールを残して、エルネストは部屋から去って行く。

わけがわからないと部屋で一人、怒りを覚えることになった。

第二十五話

借り暮らしのアニエス・レーヴェルジュ

Ce qui est
amer à la bouche
est doux au cœur.

口に苦いものは
心に甘い

　エルネスト・バルテレモンの話を聞いたせいで、イライラとモヤモヤを抱えつつの帰宅となった。
今日も玄関先でアニエスが出迎える。

　──悲劇の聖女、アニエス・レーヴェルジュ。


　そんな噂が広まっているなど、当の本人は知る由もない。汚名は晴れたが、今度は別の問題が発生していた。

「おい、話がある」

　帰って早々、ベルナールはアニエスを執務部屋へと連れて行った。長椅子を指し示し、向かいに座るように命じる。

　アニエスは突然の呼び出しに、緊張しているような表情を浮かべていた。

　そんな彼女に、「悪い話ではない」と前置きしてから話し出す。

　当然ながら、王都での気の毒な噂話は伏せておく。

「『女王の葡萄酒』は知っているか？」

「はい。南西部の町の、名産品ですよね？」

「そうだ」

アニエスはラザールの親戚がいる村の酒を知っていた。ならば、話が早いと思う。

「酒は好きか？」

「あまり飲んだことがなくて」

「そうか。女王の葡萄酒は、甘くて飲みやすいものらしい。女性にも人気だとか」

「左様でございましたか」

村は葡萄畑に囲まれたのどかな場所だと聞いていた。酒は品質優先で、じっくり丁寧に造られる。

若い娘が少なく、大切に扱われるであろうとラザールは言っていた。

彼女を振り回す者がはびこる王都にいるよりはずっといいと思った。

「上司の親戚が、その村で領主をしていて」

「はい」

「住んでみないか、という話がある」

「わ、わたくしが？」

「ああ。ここよりは過ごしやすいだろう。迎える側も、歓迎してくれる」

アニエスは目を見開き、それから、困惑の表情を浮かべている。

ベルナールは無理もないと思う。彼女は王都から出たことがない箱入りのお嬢様なのだ。遠く離れた場所で暮らすのはさぞかし不安だろうと。

黙ったまま目を伏せるアニエス。ベルナールにはかける言葉がない。

後頭部を掻きながら唸り声を上げれば、アニエスと目が合う。

その視線には見覚えがあった。それは、雨の日に捨てられていた子猫（ミエル）と同じ目。なんだか悪いことを言い渡している気分になる。

「ま、まあ、あれだ。一度、ジジルに相談するのもいい。しっかり考えて、決めろ」

「……はい」

アニエスは深々と頭を下げ、部屋から出て行った。

ベルナールがいつになく深刻な顔で「話がある」と言って呼び出し、言い渡された内容はアニエスにとって驚くべきものだった。

あまりの衝撃に眩暈を覚え、壁に手を突く。

視界も、頭の中もぐるぐると混乱した状態にあった。

ベルナールはアニエスに移住をするよう言い渡した。

どうしてとは聞けなかった。理由はわかっている。貴族籍を剥奪された罪人の娘で、彼女自身、使用人として役に立っているわけではない。ここにいてもいい理由など一つもなかった。

しかし、ベルナールは厄介払いをしたいという感じでもなかった。移住先はアニエスが住みやすい、静かで美しい場所を勧めてくれた。

「――アニエスさん」

ジジルより声をかけられ、ハッとする。

「どうしたの？　具合、悪いの？」

「い、いえ」

「やだ、顔色が真っ青！」

　心配をかけまいと壁から手を離したら、ふらついてしまう。

「大丈夫⁉」

「すみません……」

　ジジルに腰を支えられた状態で、休憩所まで歩いて行く。

　椅子に座り、ホッと息を吐く。いつの間にか眩暈も治まっていた。

「ジジルさん、ありがとうございます」

「ええ、いいけれど」

　ジジルはティーポットを持ち、蒸らしていた薬草茶をカップに注ぐ。それと、銀紙に包まれたお菓子も置いた。

　隣に座り、話しかける。

「具合が悪いわけじゃないのよね？」

「……はい」

「だったら、お薬はこれ」

　指されたのは、板のようなチョコレート。

「こちらは？」

「FAS社の美味しく食べるチョコレート（ショコラデリシュー・ア・マンジュ）よ」

　ジジルは全体の大きさを半分に割ってアニエスに手渡す。手元の残りの半分は銀紙を剥ぎ、そのまま齧りだす。

「うん、美味しい」

その様子を、アニエスは瞬きもせずに見てしまう。

板状のチョコレートを見るのは初めてなうえに、そのまま齧って食べることなど、今まで経験したことがない。

不思議そうな顔をしていたので、ジジルは板チョコの食べ方を伝授した。

「これね、本当は熱いチョコレート（ショコラ・ショー）を作るための買い置きなんだけど、疲れたり、落ち込んだりした時は、そのまま齧るの。すると、元気になるのよ」

「そう、なんですか？」

「ええ。お薬だから、全部食べてね」

「は、はい。わかりました」

アニエスは恐る恐る板状チョコレートを口にする。

パキリ、という音がした。

そのまま噛めば、パリパリとした食感と、濃厚な甘さが口の中に広がる。

今まで食べていた口溶けが良くて滑らかなチョコレートとまったく違い、硬くてしっかり噛み砕かないといけないようなものであったが、どうしてか心に沁みるような気がした。

ジジルが「薬」と言っていた意味を理解する。

渋い薬草茶を飲みつつ、アニエスは半分の板チョコを食べきった。

「……ジジルさん、ありがとうございます」

「ちょっとだけ元気になったでしょう？」

「はい」

ジジルは背中を優しくポンポンと叩いてくれた。

チョコレートを食べて気は楽になったが、心の中の靄(もや)は残ったままだ。

アニエスは勇気を出して、話をしてみることにした。

「あの、ジジルさん。少し、相談したいことがあって……」

「わかったわ。三階のミエルのところで話しましょう」

休憩所は人の出入りがあるので、三階の簡易台所に移動することになった。


アニエスはジジルに、ベルナールからの提案を話す。

「旦那様ったら、突然そんなことを」

「南西部の村は、とても過ごしやすい場所だと、聞いたことがあります」

「そうだけど……」

ベルナールへの文句を言いかけていたジジルは、途中で言葉を呑み込む。

つい先日、エリックが買って来た雑誌でアニエスの新しい噂話を知ったばかりだった。

彼女を取り巻く状況はめまぐるしく変わっていく。

今回は危険な方向へ向かっていた。なので、危機感を覚えているのだろうと、ジジルは考える。

「旦那様はアニエスさんに決めるように言ったのよね？」

「はい」

「どうしたいの？」

「わたくしは――」

自らを取り巻く状況はよく理解していた。

没落貴族の元令嬢で扱いにくい存在であること。

その娘を支援しているのがバレたら、ベルナールの立場が悪くなってしまうこと。

ここにいても、なんの役にも立たないこと。

「ご主人様の言うとおり、移住するのが最善であるとわかっております。……ですが、わたくしはまだ、恩返しできていません。それに、みなさんやミエルと別れるのも、悲しいです」

このままいても迷惑をかける。なので出て行った方がいいと理解する心と、ここに残ってベルナールの側にいたいという心がせめぎ合う。

「アニエスさんが決めていいのよ」

「そんな……」

「いいの。だって旦那様はあなたをここに連れてくる時に決意しているから。旦那様のことを考える必要はないわ。たった一度切りの人生だもの。後悔しないように、好きなように生きなさい」

好きなように生きる。

それは、人生の中で初めて聞く言葉だった。

父親の望むとおりに生き、選択の余地などなかったアニエスにとって、ズシンと重くのしかかるものでもある。


――ベルナールの傍にいたい。ただ、それだけでいい。

アニエスのたった一つの願いだった。それでいいのかと、何度も自問する。
父親の望むとおりに生きるのは辛いことだった。
けれど、その道を歩く以外の人生は用意されていなかった。
だが今は、アニエス自身に選択権がある。
ならば、生きたいように生きようと、そう思った。
伏せていた顔を上げ、まっすぐにジジルを見る。
そして、決意を口にした。
「わたくしは、ここで暮らしたいです」
彼女は望む。
ベルナールの屋敷で部屋を借り、使用人として暮らすことを。
初めての選択に、言葉が震えた。
ジジルはそんなアニエスの肩を抱き締め、一緒に頑張ろうと励ました。

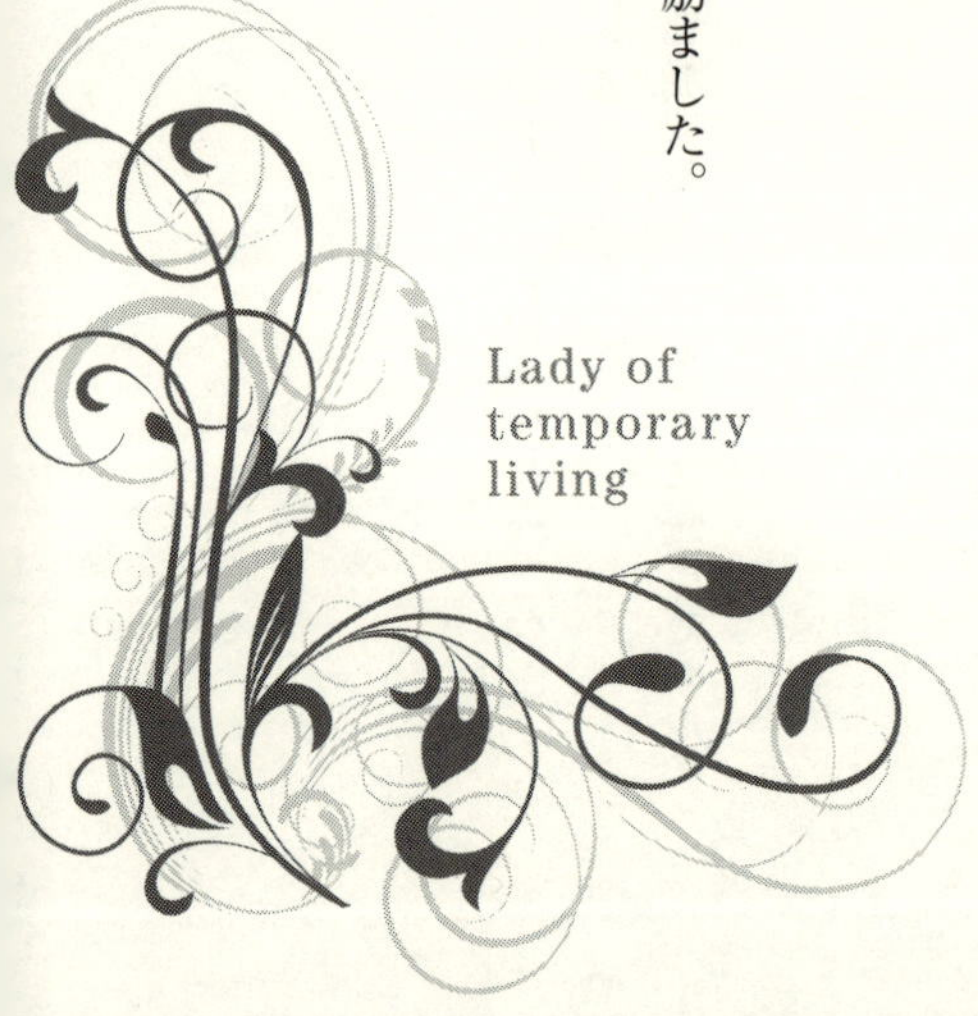

第二十六話　彼女の決意

Il n'y a que le premier pas qui coûte.

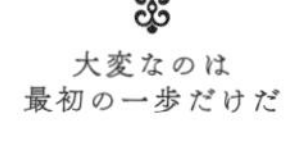

大変なのは最初の一歩だけだ

夕食後にベルナールと話をする時間をエリックが作ってくれた。アニエスは感謝をして、私室へと向かう。

一日の間に二回も、こういう風に時間を作ってもらうことは申しわけないと思った。けれど、ジジルが「決意表明は早い方がいい」と勧めてきたので、それに倣（なら）うことにした。

ミエルの成長も見てもらおうと、一緒に連れて行く。

ベルナールは部屋で腕組みをして待機していた。猫の存在に気付くと、目を細める。

「猫、いつの間にか丸々してんな。拾って来た時と一緒の猫には見えん」

「はい。とても元気になりました」

やせ細っていた体はすっかり標準体型となり、半開きになっていた目も完治して、今は綺麗に開いていた。現在、澄んだ青い目はらんらんと輝いている。

好奇心旺盛な子猫は籠から出ようと奮闘していた。アニエスは柔らかな笑みを浮かべながら、ミエルを籠の底へ移動させ、上から布を被せた。

今までミャアミャアと鳴いていたミエルは大人しくなり、部屋は静寂に包まれる。

風が強く、窓枠がカタカタと鳴り音が響く中、ベルナールはアニエスに話しかけた。

「――それで、話とは？」

「移住の件です」

アニエスは勇気を出して述べる。ここで使用人を続けたい、と。

それを聞いたベルナールは、顔を顰めていた。

「理由を、聞かせてもらおうか」

「それは――」

ベルナールの傍にいたかった、という理由は言えるわけもない。

別の理由を考え、ここでの生活が合っているという旨を伝えた。

「本気なんだな？」

「はい」

ベルナールは厳しい声色でアニエスに問う。自分の抱える問題について理解をしているかと。

彼女の青い目は、悲しみの表情と共に伏せられた、

「自らのことは、よくわかっているつもりです。父は罪を犯したことを認め、家は没落しました」

アニエスを支援していたことが露見すれば、ベルナールの立場も危ういものとなる。

なので、命じられたら屋敷から出て行く決意があることも伝えた。

「まあ、その見解が正解でもあるし、不正解でもある」

眉間の皺を指先で解しながら、ベルナールは述べる。

アニエスを取り巻く問題は、彼女が街で暮らしていた頃とは大きく変わっていた。

それを聞く覚悟があるかと問いかけてくる。

「一体、どんなことが――」

「正直言って胸糞悪い話だ。聞かない方がいいと思う。今まで黙っていたが、ここで暮らし続ける

には自らの危機管理も重要になるから、お前は知っておかなければならない」

　前置きを聞いただけで怖くなった。

　だが、先ほど聞いた移住の話ほど衝撃的ではないだろうと思い、アニエスは話を聞くことにした。

「いいのか？」

「はい」

　アニエスの目は揺るがない。雨の日の子猫に似た存在(もの)から一変して、一人の覚悟を決めた女性として、ベルナールの目の前に座っている。

「わかった、話そう。とはいっても、長くなるんだが――」

　エルネスト・バルテレモンがアニエスの行方を捜していること、雑誌を中心に悪評が広がっていたこと。それから偽アニエスが捕まり、悪評は晴れたこと。

「状況は一変して、今度は聖女扱いときたものだ」

　想像の斜め上をいく展開に、アニエスは言葉を失っていた。

　そして王都に住む人の多くが、アニエスを探しているという事実に、背筋をぞっとさせる。

　驚くべき話の数々であったが、ベルナールから移住を勧められた話よりは衝撃を受けなかった。

「というわけだが、どう思う？」

「はい。その、とても驚きました。それから、もしもわたくしがここにいると露見してしまえば、絶望的なまでにご主人様達に迷惑をかけてしまう、とも」

「何度も言っているが、迷惑なのは今更だ」

　南西部の村には王都の噂が届かない代わりに、噂好きが大勢いる。そこへ行っても、落ち着くまでに時間がかかるだろうと、ベルナールは話す。

「どこにいても、苦労はするだろう」

「そう、ですね」

「決心は揺るがない、ということでいいのか？」

「はい。わたくしは、ここで働きたいです」

「わかった。ならば、こちらも対策を行う」

「対策、ですか？」

「詳しく言えば、変装だ」

　ベルナールの提案は、なるべく目立たないようにすること。今の状態であれば、一目でアニエスとバレてしまうだろうと言う。

「一体、どのようなことをすれば……」

「まず、髪型を変えろ。そのように編んだ髪を綺麗にまとめている使用人はいない」

「は、はい」

　アニエスはその場で命令に応じる。

　挿してあるピンをすべて抜き、髪を纏めていた紐を解いた。

　すると、艶やかな金の髪はさらりと解け、肩から胸元へと流れていく。

　その一連の様子に、ベルナールはぎょっとすることになる。

　妙齢の女性が髪を下ろす様子を見るのは初めてということもあるが、夫以外の男の前で髪の毛を解くなど、なんて常識知らずのお嬢様なのだと怒りを覚えた。だが、彼自身が髪型を変えろと命じ、彼女はそれに応じただけにすぎない。

　悪いのは誰であるかというのは明白であった。

「ご主人様、その、具体的な髪型というのは……？」

アニエスの声を聞いて、ハッとなって我に返る。

髪を下ろした無防備な姿に見惚れていた事実には気付かずに、髪型の指示をすることになった。

「髪型は、アレだ。キャロルやセリアがしている――」

おさげの三つ編み。アニエスは命じられた通り、左右に分けた髪を編んでいく。

「こちらでよろしいでしょうか？」

おさげ姿になったアニエスを、眉間に皺を寄せながら眺める。

その髪型は、彼女を少しだけ幼く見せるものであった。ただ残念なことに、おさげにしただけでは貴族令嬢の雰囲気がなくなるほどではない。

「まあ、新しいお仕着せを着れば、どうにか……」

明日、頼んでいたお仕着せが届くとエリックから聞いていた。

百貨店の商品目録（カタログ）の中にあった、老婆が纏っていた地味なお仕着せだ。

あれを着れば、アニエスの良いところは根こそぎなくなってしまうだろうと思う。

「髪型は、それでいい」

「はい」

「あと」

「はい？」

夫以外の異性の前で髪を下ろすなと、忠告しておく。

それを聞いたアニエスは、今になってお嬢様時代に習っていた常識を思い出し、顔を真っ赤にさせていた。

「も、申しわけありません」

「気を付けろよ」

「はい」

下がれと言われたアニエスは深々と頭を下げて、ミエルと共に部屋を辞する。

一人きりとなった室内で、ベルナールは深く大きな溜息を吐くことになった。

翌日。ベルナールはラザールにアニエスの選択を報告した。

「そうか。残ることになったか」

「はい。住み慣れた場所を離れるのは、辛いようです」

「そうだよな。わかった。これから大変だろうが、困ったことがあれば私も力を貸そう」

「ありがとうございます」

これで話は終わりかと思いきや、引き止められる。至極真面目な顔で、ラザールは聞いてきた。

「オルレリアンは、アニエス嬢を娶る気はないのか？」

「……はい？」

「妻として迎えないのかと、聞いている」

「何故、そのようなことを」

「いや、そこまでして守るのならば、いっそのこと結婚した方がいいのではと思って」

「結婚はしません」

「ならば、ずっと彼女を家に置いておくのか？」

「それは——」

アニエスの今後について、突き詰めて考えられる状態になかった。

結婚が幸せのすべてではないと言うが、心安らげる場所も必要だと思っている。

「うちには、男性使用人も数名いますし——」

そこまで言って、眉を顰（ひそ）める。

言い表せないような感情が浮かんできたが、首を横に振って追い払った。

複雑そうな表情を浮かべるベルナールを、ラザールは見なかった振りをして次の話題に移る。

「結婚といえば、オルレリアンの好みを聞いておかねばならない」

多くの騎士は、所属する部隊の隊長の紹介を経て結婚する。隊員と相性の良い女性を探し出すために、そういった個人情報を得ることは、とても大事なことだった。

「……早くないですか？」

「いや、今から目星を付けておくのに、早いも遅いもないだろう」

そう言われ、ベルナールは自らの理想の女性について考える。

「……やはり、胸の大きな女性がいいのか？」

「いや、別に」

「こだわりはないと」

「そうですね」

ラザールは手帳に書き留める。

「だったら、美人な女性がいいのか？」

「いえ、そういった女性は維持費がかかるので」

「維持費って言うな……」

ベルナールの家庭環境を知っているラザールは、無理もないかと思うようにした。

「貴族の女性でなくてもいいと」

「はい。その辺は気にしていません」

「では、性格は？」

「……お喋りな女性は、苦手です」

「大人しい娘がいいのか？」

「まあ、そう、ですね」

「他には？」

「女性の考えていることはまったく解らないので、きちんと自分の意見を言える人が、いいと」

「なるほどな」

ラザールはベルナールの好みの女性について、事細かく聞いていった。

まとめれば、大人しくて控えめだけど、はっきり物事を言えて、質素な暮らしにも文句を言わない女性、だった。

「残念だが、オルレリアン」

「なんでしょうか？」

「こういう古風な女性はあまりいない」

「……左様で」

頑張って探して欲しいと、心の中で願うことになった。

第二十七話

アニエスの残念な変装？

L'habit ne
fait pas le moine.

修道服が修道士を
作るわけではない

ベルナールは若干落ち込みながら、薄暗い街並みを歩いて行く。

無理もない。

自らが望むような女性を見つけ出すことは難しいと、はっきり言われたからだった。

思えば、物心ついた頃から、彼の周囲にいる女性は気が強く、自己主張の激しい者ばかりだった。

ジジルや母親のような女性が家に一人増えたらと考えるだけでゾッとする。

結婚相手は、慎重に選ばなければならない。

世の中には、結婚前は可愛らしい猫の皮を被り、結婚後に真なる姿を現す恐ろしい女性がいると聞いたことがあった。そのような女性と結婚をすれば、男は家庭内で身を小さくして過ごすことになる。仕事で疲れ、家でも心休まる時がなく、息苦しい生活を送る。そんな既婚男性は少なくない。

先輩騎士達の愚痴を聞きながら、少年時代のベルナールは結婚なんかしなければいいのにと、疑問に思っていた。

けれど、大人になってわかる。

騎士は、民の模範となるべき存在でなくてはならない。

その理想の形の一つとして、結婚をして、大切な家族を守りながら暮らす、ということが重んじられているのだ。誰かがはっきりと口にしていることではないが。

現に、三十をすぎた独身の騎士達は、職場で肩身の狭い思いをしている。

そういう者達は大抵出世の道から外れていた。

そのうち自らもああなってしまうのではと考え、肩を落としてしまうベルナール。

重たい気分を引きずりながら馬車に乗り込み、帰宅をする。

「お帰りなさいませ、旦那様」

出迎えたのはジジルだった。ただいまも言わずに、溜息を吐く。

「どうかされましたか？」

「……なんでもない」

ジジルはとぼとぼと執務室に歩いて行く主人の後ろ姿を、首を傾げながら見送ることになった。


夕食後、ドンドンと部屋の扉を元気良く叩く者が訪れる。

どうせキャロルとセリアだろうと思い、うんざりしながら返事をした。

訪問者は予想どおりで、双子は注文していた新しいお仕着せを着て、ベルナールの前に現れた。

「旦那様、お仕着せ、できました！」

「買ってくれて、ありがとうございます！」

興奮した様子のキャロルとセリアを適当に相手にして、部屋から追い返そうとする。

「あ、あとでアニエスさんも来るって」

「お仕着せのお礼、言いたいって」

「ああ……」

別にいいのにと思ったが、変装した姿を確認しなければならない。

今すぐ来るように伝えろと命じる。

三分後、扉が控えめに叩かれた。入るように声をかける。

「失礼いたします」

部屋に入って来たアニエスは頬を染め、羞恥に耐えるような表情でいた。

ベルナールは一体どうしたのかと、疑問に思う。老婆が纏うような、時代錯誤のお仕着せを着るのが恥ずかしいのか、あるいは、せいぜい十代前半の少女がするような三つ編みのおさげ姿に照れているのかと考えていた。全身を確認しようとすれば、ふと、ある部位に目が留まる。

「――ん？」

ベルナールは目を凝らし、そこを注視した。

見られていることに気付いたアニエスは、耐えきれずに両手で顔を覆う。

「お、お前――」

「す、すみません！」

指摘をされる前にアニエスは謝る。地面に膝を突き、胸の前で祈るように手を重ね合わせていた。

「使用人は矯正下着(コルセット)を着けないというので、あ、新しく作っていただきました。ありがとう、ございます。で、ですが、そ、その、このような姿をさらしてしまい――」

「お前、太っているって、あー、なんだ。今まで、胸を潰していたのか？」

「……はい、申しわけありません」

体に沿う形で作られたお仕着せは、矯正下着で締め上げていないと上半身の体つきがはっきりとわかってしまう。

彼女は太っているのではなく、単に胸が他の女性よりも大きいだけだった。

「……いや、なんと言えばいいのか」

アニエスの悩ましい体つきに驚けばいいのか、あんなに大きな胸を常日頃から押し潰していたことを気の毒に思えばいいのか、わからなくなっていた。

自身を恥じるような様子でいるが、胸元以外に変化はなかった。

世の女性の美の追求や理想の体型など、一生理解できないものであると、ベルナールは思う。

それよりも、新たな問題に気付いた。

あどけない三つ編みのおさげをした、豊かな体つきをした女中。

子どもっぽい姿に、大人の女性の体を持つ組み合わせは、なんとも言えない魅力がある。地味なお仕着せを纏っているのが、逆に色気を際立たせていた。

「――どうしてこうなった！」

頭を抱えて叫ぶ。作戦は大失敗。

以前のお仕着せ姿よりも注目を集めてしまいそうな結果となってしまった。

「おい」

「は、はい」

「ちょっと座れ」

「……はい」

アニエスは盛大に落ち込んでいる。

まずは勘違いから正さなければと思った。

「お前は、自分のことを太っていると言っていたな？」

「はい」

しゅんとするアニエス。いつも綺麗に伸びている背筋は、すっかり丸まっていた。

体型ごときでよくもここまで落ち込むことができるものだと、呆れる。

「まあ、なんだ。……俺から見れば、まったく太っていない」

「え？」

「だから、しようもないことで落ち込むのは止めろ」

「太って、いない……？　わたくしが？」

「そうだ。だから、堂々としていろ。びくびくしていたら、逆に注目を集める」

「は、はい。ありがとう、ございます」

アニエスは信じがたい表情でいた。念のため、ジジルにも確認しておくようにと命じておく。

「もう一つ、聞きたいことがある」

ずっと聞こうか聞くまいかと躊躇（ためら）っていることであった。

それは、アニエスの手のひらのマメのこと。

看病をしてもらっていた時に気付いていたが、勝手に手を握ったことが恥ずかしかったので、今まで言えずにいた。いい機会だと思い、ついでに聞いておく。

どうしたのかと聞けば、いつの間にかできていたと話す。

ジジルにたくさん仕事をやらされて作ったのかと聞いても、首を横に振るばかりだった。

「理由がわからないだと？」

「はい。下働きは、少ししか」

「例えば、何をしている？」

「箒で玄関を掃いたり、ブラシで床を磨いたり」

「ならば、原因はそれしかないだろう」

「で、ですよね……」

箒の柄などを強く握りすぎていたので、マメができてしまったのだ。

掃除は力を入れたらいいというものではないと、ベルナールは指導する。

「ジジルに力任せに掃除をしろと習ったのか？」

「いいえ、違います。悪いのは、わたくし、です」

もじもじしていたので、いいから理由を言えと急かす。

アニエスは申しわけなさそうに言った。

「目が、良く見えなくて、きっと、掃除に力が入ってしまっていたのだと」

「ああ、そういうことか」

目が悪いアニエスには、床の埃や塵（ちり）が見えない。なので、綺麗になったかどうかもわからず、その不安感から箒やブラシを持つ力が無意識のうちに強くなっていたことが発覚した。

「わかった」

「はい？」

「お前、眼鏡をかけろ」

「え⁉」

アニエスの近視は生活に支障をきたしている。このままでは使用人としての仕事も儘（まま）ならないだろうとベルナールは思う。

「で、ですが、眼鏡はとても高価で、わたくしにはとても」

「だったら、金を貸してやる」

ベルナールはアニエスに、少しずつ返済すればいいと勧めた。

「お言葉に甘えても、よろしいのでしょうか？」

「別に構わない。それに、眼鏡は変装にもなる」

そう言うと、アニエスも眼鏡を買う決意が固まる。

だが、一番の問題はどうやって眼鏡を作るかだ。

訪問販売などは顔なじみの上客との間で行われる。誰にでもしてくれるわけではない。

「その辺はエリックやジジルと相談だな」

「はい。よろしくお願いいたします」


とりあえず、次なる作戦は決まった。

翌日、ベルナールはラザールに頼まれていた書類を事務局に提出し、帰ろうとしたが、眼鏡をかけている事務員を発見して声をかけた。

「ちょっと聞きたいことがあるのですが――」

「はい？」

眼鏡をどこで買ったのか聞いてみる。

「ああ、これですか？　下町にある『虹色堂』というお店ですよ」

「下町なんかに眼鏡屋が？」

「はい。中央街に店を構えると家賃が倍以上かかるらしくて」

その代わり、値段もそこまで高価ではないと言っていた。ついでに中央街にある貴族御用達眼鏡屋があるが、二倍以上の値が付いていることを教えてもらった。

虹色堂の眼鏡の値段は、金貨一枚から五枚。形によって差があると説明する。

「鼻にかける眼鏡は安いものですが、長時間かけておくには負担が大きいですね。なので、私はこれです」

事務員が外して見せてくれたのは、耳にかけるつる（テンプル）の付いた眼鏡。値段は金貨三枚ほど。

アニエスの一ヶ月の給料は金貨一枚。払えない金額ではないが、大きな出費であることは間違いないと思った。

第二十八話

偽装夫婦大作戦！

Autant de têtes,
autant d'avis.

頭の数だけ
意見がある

終業後、ベルナールは事務員から聞いた眼鏡屋に向かう。

『虹色堂』――下町の商店街の片隅に、高価な眼鏡を取り扱う店は存在した。

外観は下町の商店と変わらず、高級感はなかった。

まだ、営業中の看板が出ている。外から店内を覗き込めば、ずらりと並んだ眼鏡が見えた。

とりあえず、中に入って話を聞いてみることにした。

人の良さそうな店主が出迎え、どういう品を求めているのかと聞いてくる。

「近視用の眼鏡で、使うのは俺じゃないんだが」

「左様でございましたか」

店内の棚やガラスケースには、様々な種類の眼鏡がびっしりと並んでいた。王都で一番の品揃えだと、店主は自慢をするように話す。

「使われるのは男性ですか、女性ですか？」

「女だ」

「奥様でしょうか？」

「は？」

「少々お待ちくださいね」

「な、ちょっ……」

否定する暇も与えず、店主は「女性でしたら」、と言って店の奥へと品物を取りに行く。眼鏡の在庫はここにあるだけではないらしい。

店主が持って来たのは、眼鏡に持ち手の付いたローネットと呼ばれる物。

縁や持ち手は銀色で、花や蔓などの細やかな模様が彫ってある。華やかな印象の眼鏡だった。

「こちらは演劇鑑賞用に作られた品でして、貴族のご婦人などに密かに人気がある一品です」

「そんな物があるのか」

「ええ」

手に取ってみてくださいと勧められたので持ち上げてみれば結構な重量があり、女性が長時間持ち続けるのは辛いだろうなといった印象があった。

そもそも、持ち手付きの眼鏡など作業をしながら使う物ではない。

ベルナールは他の種類を見せてくれと頼む。

「比較的安価なのが、こちらの鼻眼鏡ですね」

鼻を挟んでかける眼鏡は、じっと座った状態で使うなら問題はないが、動き回ればズレてしまう。

最近仕入れるようになった、耳にかける形のつる(テンプル)付き眼鏡は安定感があり、ほとんどズレることもないと教えてくれた。

「つる付きの眼鏡は多少値が張りますが、お客様からの評判は上々でございます」

「そうか」

一つだけ、つる付きの眼鏡を持たせてもらう。

先ほどのローネットよりは軽量であったが、それでも分厚いレンズに金属の縁取りとつるがある眼鏡はずっしりと重みのあるものだった。

「最初は違和感を覚えるかもしれませんが、じきに慣れます」

「なるほどな」

置いている品物はいい物ばかりに見えた。少なくとも、安っぽい作りではない。

訪問販売を行っているかどうかを聞いてみたが、店主は首を横に振る。

客の目の見え方も様々、これだけの種類の中から眼鏡を探すためには、店頭に来てもらうのが一番だと勧めてくる。

「……わかった。また後日、買いに来る」

「はい。ご来店をお待ち申し上げております」

店を出て、はあと溜息を吐く。白い息が出ていたことに気付き、外套のボタンを留めた。

馬車の時間が迫っていたので、早足で乗り場まで歩いて行った。

帰宅後、ベルナールはジジルに相談した。どうやってアニエスを街まで連れて行けばいいかと。

「それは変装しかないでしょう」

「変装って……」

「例えば、旦那様が女装して、アニエスさんは侍女の格好をするとか」

「なんでだよ！」

「男性が女性の使用人を連れているのは珍しいでしょう？　街中で目立ってしまいますよ」

なかったが。

だからといって、アニエスは体型的に男装向きではない。ベルナール自身も女装向きの体型では

「確かに」

「旦那様」

「なんだ？」

「男女が連れ合って歩くものとして、ごくごく自然な形がございます」

「もったいぶらずに早く言え」

「夫婦です」

聞き間違いかと思い、もう一度言うように命じたが、ジジルは「夫婦の振りをして、店に行けば
いいのです」と言い切った。

「アニエスさんはつばの広い帽子を被り、髪の毛は綺麗に纏めれば目立たないでしょう。体型も、
社交界に出ていた時とは違いますし」

眉間に皺を寄せて話を聞くベルナールに気付き、ジジルは質問をする。

「何かご不満でも？」

「いや、不満はないが、そこまでする必要があるのか？」

「ありますよ」

もしも、虹色堂にアニエスを探す者達が訪れたと仮定する。

「その人達はこう聞くでしょう『美しい金の髪を持ち、青い目をしていて、痩せ型のご令嬢を見か
けなかったかな？』、と」

社交界においての金髪は、美しい女性の特徴の一つとされているため、王都には金の髪を持つ女

性は大勢いる。大半は染めている者ばかりであるが。

「青い目は希少だ。店側も印象に残るんじゃないか？」

「女性の顔をまじまじと覗き込む人はいないでしょう。失礼ですから」

「眼鏡屋も？」

「そうだと思いますよ。店主が眼鏡をかけた姿を確認する時は、目を閉じればいいのです」

それらに気を付ければ、眼鏡を買いに来たアニエスの特徴はどこにでもいる貴族の女性である。

特別印象に残らないだろうとジジルは言う。

「旦那様もきちんと髪を整えて、一番仕立てのいい服を下ろしましょう」

「なんで俺まで……」

「旦那様も別人になる必要があります。知り合いに見られたら大変でしょう？」

「ああ、そうか」

他にいい案が浮かばないので、ジジルの考えた作戦を実行することに決めた。

「――ですが、その前に身に付けなければならないことがあります」

それは何かと聞いてみれば、想像もしていなかった言葉が返ってくる。

「夫婦としての自然な雰囲気です」

「必要か、それ？」

「絶対に必要です」

ぎこちない様子を見せていれば、不審に映ってしまう。

だが、新婚の夫婦ならば、ぎこちないのも普通ではと指摘してみる。けれど、ジジルはそんなことはないと首を横に振った。

「新婚とはいっても、夜を共にすれば多少は打ち解けているものです」

「よくわからない理屈だな」

「結婚すればわかりますよ」

「そうかい」

納得していない様子のベルナール。ジジルは重ねてお願いをする。

「別に、夜を共にしてくださいと頼んでいるわけではないのでどうか——」

「わかった。わかったから、それ以上言うな」

新婚の甘い空気は作らなくてもいいから、並んでいても違和感がないような雰囲気作りをして欲しいとお願いされた。

「そういうの、演技で出すのは難しいだろう」

「ええ。ですが、アニエスさんのためです。この前の看病のお返しだと思って、努力をなさってください」

看病してもらったことを出されたら、何も言えなくなる。渋々といった感じで、ベルナールは了承することになった。

「で、何をすればいいんだ」

「一週間ほど、アニエスさんに奥様役をしていただきましょう」

「あのなあ、だからそこまでする必要は——」

「あります。それに、目が見えなくては、使用人の仕事も儘ならないでしょうから」

「それもそうだが」

「はい。ミエルの世話は引き続きしてもらうとして」

そもそも、連れてきた当初は子猫の世話係だけを命じていた。

それ以外はしなくてもいい、できないだろうと考えていたが、彼女は思いのほか、働き者だったのだ。これらの事情を説明すれば、アニエスは迷惑をかけるからと遠慮をした。だが、ジジルが力技で説得し、なんとか作戦は実行に移る。

朝、身支度を整えたベルナールは食堂に向かう。

外は雨。今日は早めに出なければ馬車は混雑しているな、と考えながら、廊下を歩いていた。

食堂に入れば、先に座っていた女性、アニエスと目が合う。

彼女は慌てて立ち上がり、朝の挨拶をした。

「……早いな」

「はい。ご主人様、おはようございます」

その様子に待ったをかけるジジル。何事かときょとんとする二人。

「旦那様。朝の挨拶は早いな、ではありません」

「……いいだろう、なんでも」

「よくありません」

自分のせいで怒られてしまったと、アニエスはオロオロする。

そんな彼女にも、注意が飛んできた。

「アニエスさんも」

「は、はい」

「夫と会っても、席から立ち上がる必要はありません。それに、呼び方はご主人様ではなく、名前で呼んでください」

「わかりました」

反省をして終了と思いきや、ジジルはやり直しをするように提案をする。

「いや、明日からきちんとすれば――」

「よくないです！」

「はいはい、わかったよ。――おはよう」

これでいいかという視線をジジルに向ける。

「まあ、いいでしょう。今度はアニエスさん」

「はい。おはようございます……べ、ベルナール様」

名前を言っただけで頬を染めていた。これでは駄目だと、ジジルは思う。

「名前の呼びかけは要練習です」

「……はい」

「旦那様も、付き合ってくださいね」

「暇があったらな」

夫婦らしい穏やかな食事風景は完璧なものであった。だが、問題は山積みである。

どうにかして夫婦としての雰囲気をみつけさせなければと、ジジルは一人張り切っていた。

第二十九話

ジジルのはかりごと

Il faut vouloir
ce qu'on ne
peut empêcher.

阻止できないことは
欲する必要がある

ジジルは愕然とする。

アニエスと街に出かける際の練習として、家でも本当の夫婦のように振る舞う練習をしていたが、まったく進歩が見られなかったのだ
ベルナールは眉間に皺を寄せた状態を維持し、アニエスはひたすら赤面している。

ジジルは休憩所の机に肘を突き、頭を抱える。

唸るように「一体どうして」と呟く。その様子を見て、調理場担当で彼女の次男であるアレンは呆れた様子で話しかける。

「仕方ないって。旦那様、男兄弟の中で育って、十代前半から騎士団に所属していて、同じ年頃の女性と関わる機会なんて皆無(かいむ)だったから、接し方がわからないんだと思う」

「でもアンナやキャロル、セリアがいたでしょう？」

「あいつらは異性として見ていないと思う」

「……そうね。娘達をそういう目で見ていたら私が困るわ」

アニエスは顔を赤くしているだけで、それ以外は違和感がないように見える。問題はベルナールだった。

「アレン、あなた、よく女の子と出かけているわよね？　どうやって仲良くなっているの？」

母親の発言を聞き、アレンは口にしていたお茶を机の上に噴き出した。

「汚いわねえ」

「いや、なんで知って」

「だって、やたら気合の入ったお洒落して街に行く時と、そうでない時があるでしょう？」

「か、勘だったのか……」

がっくりと肩を落とすアレン。

真面目に交際している女性がいるのならば紹介するように言われるが、親密な関係ではないと手を軽く振って否定した。

「いいところまでは行くんだけどね」

「どうして駄目になるの？」

「ある程度仲良くなった状態で料理食べに行くと、ついつい彼女よりも料理が気になって――」

どういう味付けをしているのか、どれくらい食材に火を通しているのか、料理人の悲しい性なのか、女性そっちのけで料理に夢中になってしまうのだ。

「酷い話だわ」

「でも、その研究のおかげで、旦那様に美味しい料理を作れているし」

「職業病ってことね。それで、どうやってある程度仲良くなる状態まで持って行くの？」

母親からの追及を避けられないと思ったアレンは、女性と付き合う際に自分なりに気をつけていることなどを話した。

「女の子は一緒に食事したり、買い物したりしたら仲良くなる。ちょっとした気遣いも忘れずに。椅子を引いてあげたり、人混みを避けるように歩いたり。花とか、ささやかな贈り物も効果的」

「なるほどねえ。確かに家に籠もっていても、なかなか距離を縮めるというのは難しい気もするわ」

だからといって、王都に出かけるのは危険なことだった。

「だったら、リンドウの村の雪祭りに行くのは？」

リンドウの村は王都から馬車で三時間の場所にある。雪祭りは年に一度開催されるもので、周辺地域では一番の盛り上がりを見せる催しである。

「確か、あの祭り、動物の被り物を被るから、見つかる心配はないんじゃない？」

「あ、そうね！」

美味しい食べ物を食べて、雑貨屋の露店を覗き、祭りの雰囲気を楽しむ。

被り物があるので、誰が誰だかわからない。

二人の距離を縮めるのにはいい機会だと、ジジルも思った。

「問題は、どうやって行くように仕向けるのか、ね」

「――だったら、いっそのこと祭りに出店をしては？」

話の中に突然入ってきたのは、部屋の隅で大人しく読書をしていた執事のエリック。偶然にも雪祭りの露店の申込書を持っており、休憩室の棚から出してテーブルの上に置いた。

「旦那様は、屋敷の修繕費の資金繰りにお悩みです」

「そっか！　出店で一儲け、とかだったら喜んで行くかもしれないわ！」

ジジルはエリックにいい子だと、抱擁をし、ついでに頬に口付けをする。

さっそく話をしに行って来ると言い残し、休憩所から出て行った。

嵐のような母親を見送ったあと、アレンは苦笑する。

「いい子じゃなくて良かった」

その一言に、両手を上げて肩を竦める仕草で返すエリックであった。


ジジルは早足でベルナールの私室へと急いだ。扉を叩き、中へと入る。

室内には、ぎこちない表情で並んで座る偽夫婦の姿があった。

アニエスは恥じらうような顔をし、ベルナールは顔を顰めている。

だが、そんなことは問題ではない。

ジジルはすぐさま、雪祭りの出店について相談をすることにした。

「――というわけなのですが」

「話はわかった。商売するのはいいが、肝心の売る物はどうするんだ？」

「ドミニクの薬や、アレンのクッキーなんかどうかと思っています」

「なるほどな」

開催は一ヶ月後。手の込んだ物はあまり作れない。

「クッキーに薬か。微妙な組み合わせだな」

「確かに。どちらかにしますかねえ」

「でしたら、薬草クッキーとかいかがでしょう？」

乾燥させた薬草や香草を入れたクッキーは、貴族女性の間で人気だとアニエスは言う。

傷薬と薬草クッキーで、ちょっとした家庭薬局的な店にしたらどうかという着想だ。

「薬草クッキーは健康にもいいですし、甘さも控えめで、お酒にも合うと聞いたことがあります」

「いいですね。お茶用に乾燥させた物がいくつもあるので、お菓子に合う癖のないものを選んで試作品を作るように頼んでみます」

　アニエスのおかげで、意見はあっさりと纏まる。

「当日、旦那様も店番してくださいね」

「わかってるよ」

「アニエスさんも」

「え？」

「嫌ですか？」

　ぶんぶんと左右に振るアニエス。

　店番が嫌なのではなく、祭りの当日は留守番かと思っていたので驚いていたようだった。

「雪祭りはね、とっても寒いから、動物の被り物を被るらしいの。誰が誰だかわからなくなるから安心なのよ」

「そうなのですね」

「ええ」

　ジジルは、アニエスに被り物を作る手伝いをして欲しいと願う。

「もちろんです」

「良かったわ。キャロルとセリア、お裁縫（さいほう）苦手なの」

「頑張ります」

　こうして、話は纏まった。

　翌日から祭りの準備が始まる。

アニエスは動物の被り物作りに集中する。

手先が器用なエリックが作った被り物の型紙に、布を縫い付けていく。

ベルナールとアニエス、ジジルで、全部で三つ。

キャロルとセリアは学校の祭りで作った兎(うさぎ)の被り物があるので、それを使うことになっていた。

当日、ドミニクとエリック、アレンはお留守番となる。

ジジルは黄緑色の鳥、アニエスは白い猫、ベルナールは茶色の熊の布と型が用意されていた。

芯地にそれぞれの動物の布を縫い、内側には起毛素材を張って、温かくしている。

途中、ミエルの遊んで攻撃に何度も陥落しながらも、アニエスはせっせと縫い進めていく。

薬草クッキーは祭りの三日前に、一気にまとめて大量に焼くことに決めている。材料の手配や、役割分担など、当日あたふたとしないような取り決めをしていた。

ドミニクは庭仕事をしつつ、空いた時間は傷薬を黙々と作くれる。

ベルナールも、休日は薬作りを手伝った。


祭りの三日前に、アニエスの被り物が完成する。彼女もクッキー作りに参加をすることになった。

今回、特別なクッキー型をドミニクが作る。製作を任されたアレンは人一倍気合が入っていた。

葉っぱの形が数種類、机の上に置かれている。味によって抜き型を変えるらしい。

作るのは四種類。若返りの薬草と言われている迷迭香草(ローズマリー)。胃腸の調子を整える花薄荷(ミント)。鎮静効果がある目箒草(バジル)。疲労回復効果がある立麝香草(タイム)。
以上の体に良い薬草クッキー作りを開始する。
材料を量り、生地を作って休ませ、型抜きして焼く、という作業を繰り返す。
アニエスは型抜きを手伝った。
製作は朝から晩まで行われ、屋敷の中は甘くスパイシーな香りに包まれていた。
準備が整った頃には、アレンは魂が抜けたように虚(うつ)ろな目をしていた。
そんな一番の功労者に、ベルナールが街から買ってきた土産を手渡す。
差し入れは瓶詰めキャンディ。女性が喜びそうな、色鮮やかなものだった。
アレンは涙を浮かべ、お礼を言う。
「旦那様！　あ、ありがとうございます」
家族で分けて食べますと言って、喜ぶ。それと同時に、切なげな表情となる。

――旦那様、アニエスさんにも、こういう風に自然な優しさを見せてください……。

二人の仲が良くならないと、今回みたいに大変な事態に巻き込まれる。
アレンは切実な願いを思い浮かべていた。もちろん、ベルナールは知る由もない。

第三十話

底無しの穴に落ち、転がる男

Il n'y a point de belles prisons ni de laides amours.

美しい牢獄も、醜い恋も存在しない

雪祭り当日。

骨董品(アンティーク)と呼んでもいい古い馬車に乗り込み、片道三時間かかるリンドウの村まで移動する。

貧馬車を操(あやつ)るのはベルナール。最初はジジルが御者(ぎょしゃ)をしていたが、飛ばしすぎる傾向にあったので、怖くなって途中で交代したのだ。

馬車は木々に囲まれた街道を、ガタゴトと車体を揺らしながら走る。

ベルナールは安全運転をしながら、何故、使用人の乗る馬車を操っているのかと切なくなる。一方で、馬車の中は楽しげだった。

「アニエスさん、これ、街で流行っているお菓子なの！」

「包装がとっても可愛いでしょう？」

「こら！　アニエスさん困っているでしょう？　二人でいっぺんに話しかけないの！」

車内は店で販売する商品でいっぱいいっぱいで、その隙間に人が座っているような状態であった。

加えて、古い馬車なので余計に振動が響く。そんな状態だが、アニエスは初めての遠出を楽しんでいた。

一時間ごとに休憩を取ったのちに、祭りの会場であるリンドウ村に到着した。村は豊かな自然の恵みに囲まれた場所で、夏は避暑地として観光客が訪れる。雪祭りは閑散期にも客を呼ぼうと考え、始まったものだった。

馬車から降りる前に、動物の被り物を装着する。

キャロルとセリアはアニエスの作った、愛嬌のある猫や鳥を羨ましがっていた。

外に出ると、一面雪景色が広がっている。かといって、足が埋まるほど深く降り積もっているわけではない。リンドウの村は森の深い場所にあるが、そこまで大量の雪が降ることはないのだ。

村の中はすでに、大勢の人で賑わっている。

クッキーの入った箱三つをベルナールが持ち、薬の入った籠を女性陣で協力して運ぶ。

ジジルは村の入り口で受付に書類を提出しに行った。

残った者達はその場で待機をする。

「わくわくする」

「わくわくするわ」

キャロルとセリアははしゃいでいた。初めての雪祭りなので、いつもより余計にそわそわとしている。そんな双子にベルナールは注意する。

「お前ら、迷子になるなよ」

「わかっています」

「気をつけます」

一方で、猫の頭部を被ったアニエスはとても大人しくしていた。被り物で表情は見えないが、佇まいから人混みに圧倒されているようにも見える。

なんとなく、目を離したら危ないような気がして、荷物を地面に下ろした状態で眺めていたら、彼女の後方から箱を三段に積み上げて運ぶ男が歩いて来ていた。

互いに気付く様子はない。ベルナールは腕を引き、衝突を未然に防いだ。

アニエスは何が起こったのか、わからないような挙動を見せていた。

「背後から荷物を抱えた人が接近していたのには、気付いていなかったようだな」

「あっ、申しわけありません。ありがとうございます」

「いや、被り物があるから、仕方がない話だが」

視界の狭い被り物に加えて、アニエスは目が悪い。人混みは極めて危ない場所だと思った。

アニエスにいろいろと注意をしていたら、ジジルが戻って来る。彼女の誘導で、出店場所まで移動することになった。

店を出すのは、雑貨を扱う店が並ぶ場所。

天幕や商品を置く台は主催側が用意してくれている。出展者は会場に来たら商品を並べるだけとなっていた。

ジジルは台の上に綺麗な布を敷き、その上にクッキーや薬を並べていく。

会場は火気厳禁。食べ物も一部を除いて、出来合いの物を売るようになっていた。

陳列作業をするアニエスを見ていると、案外手際が良くて驚くジジル。

「アニエスさん、お上手ね」

「ありがとうございます。実は、孤児院の慈善市（バザー）で何度か陳列や店番をしたことがあって」

「そうだったの」

「はい」

ここ数年は社交界の付き合いで忙しく、行けなかったとアニエスは話す。

「なのでわたくしも、キャロルさんやセリアさんみたいに、わくわくしています」

「だったら良かったわ」

準備が整えば、最後にドミニクの作った立派な看板を店先に置く。

手作り薬と薬草クッキーのお店――『子猫と子熊亭』。

「なんだよ、この店の名前」

「可愛くないですか？」

ジジルの可愛いはよくわからない。ベルナールは首を傾げるばかりだった。

キャロルとセリアは『子猫と子熊亭』の看板を店先に出す。

店名と熊、猫が彫ってある、ドミニクお手製の木の看板はよくできていた。道行く人達も可愛いと言っている。客を引きつける役目は大いに果たしているので、それ以上何も言わなかった。

「さて、頑張りますか」

寒い中、ジジルは気合を入れている。祭りの勝負は午前中。

二人の仲を取り持つことは目的だが、商品を売って利益を得るのも重要だった。

「午前中は私と娘達で店番をするから、旦那様とアニエスさんは先に祭りを楽しんできて」

「いいのでしょうか？」

「ええ。私達はお昼から回るから」

ジジルはベルナールにも同じことを言って、出かけるように言う。店の看板キャラクターであるはずの熊と猫の被り物をした二人は、早々に追い出されることになった。

開けた場所に出る前に、ベルナールは後ろからついて来ていたアニエスを振り返って注意する。

「はぐれるなよ」

「はい」

二人は無計画に祭りの人混みの中へと入って行った。

『子猫と子熊亭』が出店している雑貨屋通りは、様々な品物が売られていた。石鹸に蝋燭（ろうそく）、布小物、文房具など。混み合っている中なので、ゆっくり見るような余裕はない。

ベルナールは他の場所に移動すると伝えるために背後を振り返れば、アニエスの姿はなかった。

慌てて周囲を探す。アニエスは随分と後ろの方を、よろけながら歩いていた。ベルナールは人をかけ分けながら戻り、アニエスの腕を掴んで人の少ない場所まで移動する。

「あ、ありがとうございます。その、どうやって進めばいいかわからなくなっているうちに、ベルナール様と逸（はぐ）れてしまい――」

「いや、いい」

このまま祭りの散策を再開させても同じことが起きる。そう思ったので、ある提案をした。

「お前は俺の上着を掴みながら歩け。じゃないと人混みに飲み込まれてしまう」

「よろしいのでしょうか？」

「気にするな」

こうして、アニエスは片手に籠を持ち、片手はベルナールの上着を掴んで進むことになった。

アニエスとベルナールがやって来たのはお菓子を売る店が並ぶ通り。
スコーンにクッキー、チョコレート、飴など。甘い香りが辺りに漂っている。

「ベルナール様は、甘味はお好きですか？」

アニエスの質問に、一瞬狼狽える。甘いものは大好物であるが、なんとなくそれを言うのは恥ずかしい。なので、「食べられないこともない」という言葉を返す。

「良かった」と微笑みながら言ってアニエスが手に取ったのは、淡く色付けした砂糖を絡めたアーモンドお菓子。給料をもらったばかりの彼女は、自分のお金でそれを購入する。

他にも、ケーキやチョコレートなどを買っていた。

次に、食べ物の屋台が並ぶ通りに移動する。広場に面した食べ物屋は、種類豊富で、どの店からも魅惑的な匂いが漂っている。

「ちょうど昼前だから、何か買って食べるか」

「はい。……あの、わたくし達も、広場で食べるのでしょうか？」

「ああ、そうだな」

広場には丸太から作った椅子が置いてあり、皆、そこに座って食事を楽しんでいた。当然ながら、被り物は取っている。

「あそこにいる人達は飲食に夢中だから、お前には気付かないだろう」

それに、雪祭りは庶民の催し物だ。アニエスの顔を知る貴族は参加しない。

「でしたら、心配はいりませんね」

「だが、万が一のことも考えて、警戒はしておけ」

「はい、承知いたしました」

会話を終えると、二人は人混みの中へと進んでいく。

「何か、食べたい物はあるのか？」

「よくわからないので、お任せいたします」

「嫌いな物は？」

「ございません」

「そうか」

　屋台では様々な料理が売られている。

　野菜たっぷりの甘くない野菜ケーキ（ケークサレ）に、魚の蒸し焼き（ポワソンポアレ）、豚肉の網焼き（ルポルグリエ）、仔牛の煮込み（ヴォーラグー）などの家庭料理が食べやすい形で販売されていた。

　ベルナールは適当に見繕い、昼食の確保をした。途中、焼きたての丸い田舎風パン（パン・ド・カンパーニュ）も買って広場まで移動する。皆、ワイワイと楽しそうに食事を取っていた。残念ながら席は空いていない。

　ベルナールは雪のない木陰になった場所に脱いだ上着を置き、アニエスに座るように勧めた。

「そんな、ベルナール様の服に座るなんて！」

　ぶんぶんと首を振って遠慮をしていたアニエスであったが、命令だと言われたら大人しく座るしかなかった。ベルナールはアニエスの頭から猫の被り物を取ってやる。

　猫の下にあったアニエスは、買った料理をどうすればいいかわからず、困り顔だった。

「食い物は地面に置け」

　その言葉はなかなな衝撃的だったようで、目を見開く元ご令嬢（アニエス）。その様子を見て、ベルナールは思わず噴き出して笑ってしまった。

「いや、すまない。お前を笑ったわけじゃないんだが、昔を思い出して――」

　厳しい環境の中で育てられたかつてのベルナールにも、同じような経験があったのだ。

　それは騎士団の見習いとして入った一ヶ月目。

「演習場で炊き出しを手伝って、先輩騎士が食べたあと、俺も食事を取る時間になったんだが」

机も椅子もない場所でどうやって食べればいいのか、途方に暮れるベルナール。ふと、傍にいた同期を見れば、地面に座り皿も地面に置いて食べており、仰天してしまったのだ。

「まあ、そういうわけだ。ここに机も椅子もなければ、フォークもナイフもない。諦めろ」

「……えっと、はい。承知いたしました」

アニエスは意を決したような表情で食べ物を地面に置く。

「よし、食べよう」

「はい。いただきます」

購入したのは鶏の塩茹（ポシェ）でに黄金ソースを絡めた料理。それをパンに載せて食べるのだ。

ベルナールはパンを二つに割る。すると、ふわりと白い湯気が浮かび、焼きたての香ばしい香りが漂ってくる。

円錐状の厚紙の中に入っていた鶏をパンに載せ、がぶりと噛みつく。

アニエスはベルナールの一連の動作を、まじまじと眺めていた。

視線に気付いたベルナールはパンが喉に詰まるかと思い、慌てて果実汁で流し込む。

「見ていないで早く食え」

「も、申しわけありません」

どうやって食べればいいものか、悩んでいると呟く。

ベルナールは大きな溜息を吐き、アニエスが大事そうに抱えていたパンを取ると、四つに割ってそのうちの一つをさらに二つに割って、女性が食べやすい大きさにしたあと、中に鶏を挟んで手渡した。同じ物を他に三つ、作ってやる。

「あ、ありがとうございます」

「いいから食えよ」

「は、はい」

　アニエスは受け取ったパンを食べる。

　外はカリッ、中はふんわりなパンと、コクのある甘辛な黄金ソースが絡んだ歯ごたえのある鶏は想像以上に美味しい物であった。ベルナールに感想を伝えれば、「そうかい」とそっけない返事をする。だが、表情は穏やかなもので、アニエスが四分の一のパンを食べ終えれば、自らも食事を再開させていた。


　そろそろ交代の時間なので、二人は『子猫と子熊亭』のある場所まで戻ることにした。

　午後からはベルナールとアニエスで商品の販売をする。とはいっても、ほとんど売り切れていた。

「ほぼ完売状態じゃないか」

「ちょっと頑張りすぎてしまいました」

「本職が使用人とは思えない」

「ですね。まさかの商才に、私も驚いています」

　午後からの仕事はそこまで多くないようだった。

　使用人母娘を見送り、椅子に座って店番をするベルナールとアニエス。

「……寒いな」

「寒いですね」

　倦怠期(けんたいき)の夫婦のような会話をしつつ、道行く人に商品を勧めたりしていた。

三十分もしないうちに、品物は完売してしまう。

「もっとたくさん作れば良かったのに——って、アレンが死ぬな」

「仕込みも大変だったみたいですから」

完売後も、客から普段はどこで売っているのかと聞かれたりもした。

まさかの評判に、驚くことになる。一応、怪しまれないように、個人が趣味でやっている商店で、次回の出店予定は未定とだけ言っていた。

人の往来(おうらい)も疎(おろそ)かになる頃になれば、ベルナールは空腹を覚えていた。

「腹が減ったな」

「何か買ってきましょうか？」

「迷子になりそうだからいい」

買いに行くほどではないとベルナールは呟く。それに、軽食をジジルに買って来るように命じていたので、しばらく我慢をする。

「でしたら、これを」

アニエスが差し出したのは、先ほど購入したアーモンドの砂糖絡め。

「自分用に買った物だろう？」

「いえ、ベルナール様に差し上げようと思って」

紙袋に入っているだけだったので、リボンを結んでから渡したかったのだとアニエスは言う。

「何故、俺に？」

「お礼、といいますか……」

断る理由もないので、ベルナールは受け取った。

大通りに背を向けて座り、熊の頭部を取り外す。アニエスにも、被り物を外して休むように言った。さっそく、もらったお菓子を口の中へと放り込む。

「お前も食べるか？」

「いえ」

「そうか」

カリッとした糖衣の甘さと、香ばしく炒ったアーモンドの風味が不思議とよく合う。

昔、食べたような記憶があるが、回数は多くない。何か特別なお菓子だったような気がしたが、思い出せなかった。

「なあ、これ、なんて菓子なんだ？」

「ドラジェ、といいます」

「初めて聞くな」

「お祝いの日などに振る舞われる、伝統的なお菓子です」

「ああ、だからあまり食べた記憶がないのか」

言われて思い出す。以前食べたのは、一番目の兄の結婚式の前日にあったお茶会の場だったと。

母親にあまりバクバク食べるものではないと注意された記憶まで蘇った。

「子どもの頃は食える物は雑草でもなんでも遠慮せずに口に放り込んでいたと、ジジルが言っていたような気がする」

「えと、召し上がっていたのは野草、ですか？」

「多分な。ドミニクから食える草って聞いていたかららしいが、まったく覚えていない」

そんな話をすればアニエスは口に手を当て、ころころと笑い出した。ベルナールはそういう笑い方もできたのかと、ぼんやり眺めていたが、目が合ったので視線を逸らす。

「野草はともかくとして、ドラジェはたくさん食べるお菓子ではないのかも、しれません」

「母上も、最初に言ってくれたらいいものを……」

その頃のベルナールは七歳か八歳くらいで、食べ盛りだったのだ。

幼い頃の思い出を語りつつ、新たなドラジェを口の中へと放り込む。

「ドラジェか。どういう意味なんだ？」

「……あなたの、幸せの種が芽吹きますように」

ベルナールは思わず、アニエスの顔を見てしまった。

視線が交われば目を伏せ、頬を染めて恥ずかしそうにしている。

その刹那(せつな)、彼は底のない穴に落ちたような、不思議な感覚に陥る。


――恋という感情を知らない男は、その正体に気付いていなかった。

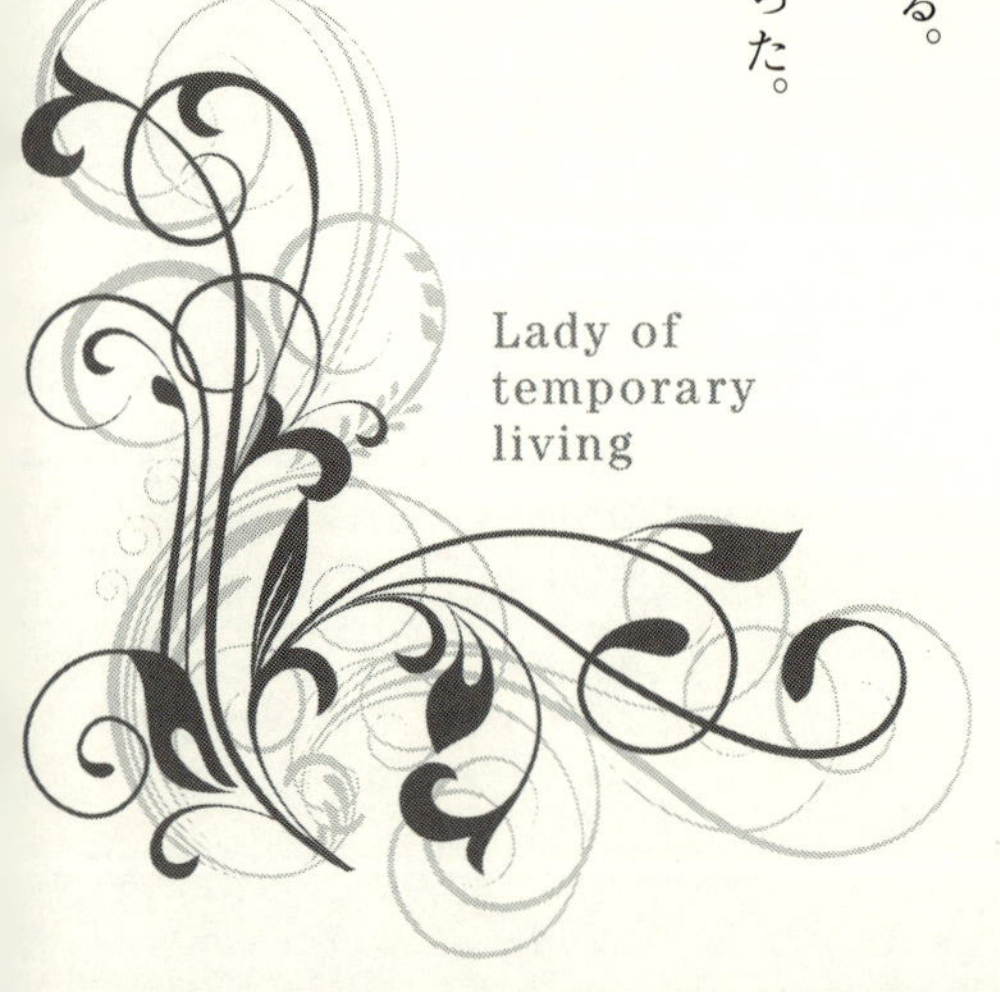

第三十一話

街歩き

Petit à petit,
l'oiseau fait
son nid.

少しずつ鳥は
巣を作る

寒い中で愛を育む、『雪祭り大作戦』。

ベルナールが聞いたら、身の毛がよだつようなこの計画。

「進展、あったと思う？」

ジジルは深刻な顔をしながらアレンに聞く。しかし無残にも、首を横に振られてしまった。

やっぱりと呟き、切ない顔で窓の外の景色を見る。

雪が積もり、木の葉は散っていた。今日は北風が強く、空には曇天が広がって、誰も庭に踏み込めないような荒れた天気だった。

まるで、ベルナールの現状を示すかのような風景だとジジルは思う。

「春は、来ない……」

「いや、春なんてすぐには来ないでしょう」

絶望しているように見える母親に、アレンは冷静な指摘を入れていた。

それから、あまり追い詰めるのも良くないと忠告しておく。

「それもそうね。ゆっくりゆっくりと、暖かくなっていって、春が来るのよね。すぐに季節が変わったら、心も体もついて行かないもの」

「そうそう。お節介はほどほどに」

「しばらくそうしておくわ」

しばらくという言葉が気になった、平和な日々が戻ってくることに安堵するアレンであった。


祭りの開催から一週間後。

ジジルより、並んでいてもなんとか違和感がない雰囲気になったと合格をもらう。

さっそくベルナールとアニエスは、王都の下町にある眼鏡屋に向かうことにした。

なるべく人目につかないように、自家用馬車で行くことになった。

操縦するのはドミニクで、すぐに行って帰れるよう、王都の駐車場で待機を命じる。

駐車代が地味に懐に響くことになったが、仕方がないと涙を呑むことにした。


二人きりの馬車の中では、アニエスが緊張の面持ちでいた。

「おい」

「は、はい」

「顔が強張っている」

「ど、どうしましょう?」

どうしようかと聞かれても、他人の緊張感の解し方など知る由もない。

「……ご主人さ、ではなくて、ベルナール様は、緊張なさった時、どうされますか?」

「俺か?」

緊張する場面と言えば、昇格試験の面談を受ける前はガチガチだったことを思い出す。

その時はジジルが持たせてくれた飴を噛み砕いて、その場を凌いだ。そうすれば、気が紛れていたのだ。

「飴を、噛むのですか？」

「そうだ」

どうやるのかと聞かれ、普通に奥歯で噛むだけだと言う。

想像できないので、不思議そうな顔をするアニエス。

「ちょっと、見てみたいような気もします」

「今は飴がない」

「わたくし、持っています」

アニエスはベルナールが空腹を訴えた時にいつでも渡せるよう、飴とチョコレートを鞄の中に忍ばせていた。銀紙に包まれた蜂蜜風味の飴を、ベルナールに差し出す。

飴を受け取り、口の中へと放り込んだ。ガリゴリと音を立てながら、噛み砕かれていく。

顔色一つ変えずに飴を噛み、飲み込んでしまった。

アニエスは目を見開き、信じがたいような表情を見せている。

「それは、わたくしにもできますか？」

「お前は止めとけ、歯が欠ける。飴は舐める物だ」

「……誰にでもできるわけじゃないのですね。素晴らしい特技です」

顎が強いことを感心されるとは思わなかったので、反応を意外に思った。

目を輝かせているアニエスに向かって、念のためこんなことは自慢にならないと忠告しておく。

「わかりました」

「あと、このことを誰にも言うなよ」

「二人の秘密ですね」

変な秘め事ができてしまったとぼやくと、アニエスは笑う。

気が付けば、強張った表情はすっかり解れていた。

馬車は、中央街の円形地帯（ロータリー）の前で停車する。今日は劇場で人気の演目があるので、混み合っていた。停まったまま動きそうにないため、ベルナールは馬車の小窓からドミニクに声をかけ、この場で降りることにした。

まずは先に降りて、危険がないか確認。それからアニエスに手を差し出す。

「ありがとうございます」

「急がなくていいから、ゆっくり降りろ」

ベルナールの他にも、途中下車をしている貴族達がたくさんいた。

どうやら開演時間が迫っているらしく、皆慌てた様子でいる。

アニエスは帽子のつばで顔が隠れるように俯いた。

「ここから少しだけ歩くことになる」

「わかりました」

「行くぞ」

「はい」

ベルナールは馬車の壁を手にしていた杖でトントンと叩いた。すると、ドミニクの操る馬車は動き出す。歩き始めても、繋いだ手が離されることはなかった。

「歩くのが速かったら言ってくれ」

「はい、ありがとうございます」

人通りが多いので逸れてはいけないからと、目も合わせずに言う。

「……それ以外に、手を繋ぐ意味はない」

「わかりました」

言い訳のような言葉であったが、アニエスは素直に頷いていた。

やっとのことで人混みから脱出しようとしたその時、突然背後より声をかけられる。

「あれ、ベルナールじゃないか？」

それは、聞き覚えのある声だった。

聞こえなかった振りをしようとしたが、残念なことに相手はどんどん近づいて来る。

帽子を深く被り直し、アニエスに歩調を速めることを伝えてから一歩踏み出そうとしていたが、追いつかれてしまった。

「お～い、ベルナール！　やっぱりベルナールじゃないか！」

思わず舌打ちしてしまった。

行く手を阻むようにして現れたのはベルナールの同期の騎士である、ジブリル・ノアイエだった。

「なんで知らないふりをするんだよ～」

「……なんだよ」

「何って、別に用はないけれど」

アニエスはさっとベルナールの背後に隠れる。

連れがいることに気付いたジブリルは、嬉しそうにからかい出した。

「あれ、彼女？　うわ～、いつの間に？」

エルネストの次に会いたくない人物に見つかってしまった。じわりと額に汗が浮かんでくる。

アニエスを覗き込もうとしたので、手で制した。

「ちょっと見るくらいいいじゃないか」

言葉が浮かばず、肩を掴んでぐっと押す。

ジロリと睨めば、ジブリルはベルナールのいつもとは違う様子に気付いた。

何かを察したのか、ぽんと自らの拳を手のひらに打ち付ける。

「あ、悪い悪い」

そう言って近づき、「極秘任務なんだよな」と耳打ちをした。

彼はベルナールの切羽詰まった表情を、斜め上に解釈してくれた。

「本当、邪魔をした。じゃ、あとはお若い二人で」

ぶんぶんと手を振って、去って行くジブリル。

ベルナールは深い安堵の息を吐いた。

背後にいたアニエスは、ベルナールの上着を掴んだ状態で震えていた。

「おい、もう大丈夫だ」

「はい……あっ」

「どうした？」

「す、すみません」

「だから、どうしたんだよ」

顔を伏せ、しょんぼりとした様子で前に出てくる。

上着を強く握りすぎて、皺になってしまったと神に懺悔（ざんげ）をするように告げる。

「服はジジルに任せれば元に戻る。気にするな」

「あ、ありがとう、ございます」

「この辺は知り合いがいるかもしれない。急ぐぞ」

「はい」

ベルナールは再びアニエスの手を握り、今度は最初から歩みを速めて進む。

煌びやかな貴族御用達の商店街を抜け、庶民の集まる市場を横切り、下町の細道へと入って行く。

下町には古くからある商店が並んでいた。時計店に靴屋、刃物店に楽器屋。

各店に専属の職人がいて、一個一個丁寧に作られた良質な商品を売る。

取り扱う品は最上（ピン）から最低（キリ）まで。

そんな店には、特注品を作ってもらうために、貴族が訪れることも珍しくない。

なので、高価な服を纏ったベルナールやアニエスが下町を歩いていても、住民たちは気にすることはなかった。


ほどなくして、眼鏡屋に到着した。

店先に到着すれば、二人揃ってホッと胸を撫で下ろす。

「冷や冷やした」

「無事に、到着できて、嬉しい、です」

アニエスは肩で息をしていた。

無理をさせてしまったと、若干の罪悪感を覚える。

「大丈夫か？」

「はい、なんとか」

「だったらいいが。足は？」

「今日は踵の低い靴なので、平気でした」

ベルナールは前日に、ジジルから「女性は速く歩けないですからね」と言われていたのだ。

何はともあれ、無事目的地に辿り着いた。二人は謎の達成感に満たされている。

まだ、着いただけだというのに。

第三十二話

穏やかな昼下がり

Le soleil luit
pour toutle monde.

太陽は
万人のために輝く

カランカランと、扉に付けられた鐘が鳴る。

ベルナールが眼鏡屋の扉を開き、アニエスに先に入るよう促す。

幸いなことに、今回も眼鏡屋の店主に他の客はいなかった。

「いらっしゃいませ」

人の良さそうな店主はアニエスに微笑みかけ、ベルナールを見て再訪を喜ぶ。

「お待ちしておりました」

「ああ。以前言っていた品を」

「はい。奥様の眼鏡ですね」

店主に「奥様の」と言われた瞬間、ベルナールは顔を赤くする。自分でもそれがわかったので、帽子を深く被って顔を隠し、目線を逸らした。

ガラスケースの上に、つる（テンプル）付きの眼鏡が並べられる。

「こちらの銀縁の眼鏡は最新型で、女性がかけても華やかな印象になるかと」

縁が銀色の派手な物では変装にならない。ベルナールは他の品も見せるようにと頼む。

「では、こちらは――」

様々な形状の眼鏡が並べられる。

異国で流行しているという品は、つるに花模様が彫られており、おしゃれだった。その分、値段も高くなっていた。

鼻眼鏡や柄付き眼鏡も見たが、作業をしながらかけたいので、やはりつる付きの眼鏡の購入を決める。いくつか見て、最終的に選んだのはレンズの丸い眼鏡。現在、楕円形が流行りだという中で、時代遅れの一品となる。そのため処分価格となっており、お値段は金貨一枚。

レンズも分厚くて重たいが、掃除や料理を手伝う時など、視力を必要とする時にだけかければいいので、本人もさほど問題にはしていなかった。

「では、こちらでよろしいでしょうか」

「はい、よろしくお願いいたします」

その場で会計を済ませ、店主は木箱(ケース)の中に納めた眼鏡を紙袋に詰めている。

アニエスは受け取った眼鏡を胸に抱き、ベルナールに深く頭を下げた。

「ベルナール様、ありがとうございます」

「……ああ」

二人の姿を見た店主は、「仲がよろしいですね」と言って微笑む。

再びカッと顔が熱くなったベルナールは、手にしていた帽子を深く被り、また来ると言い残し店を出る。店主に会釈をしたアニエスもそのあとに続いた。

外に出れば、周囲は閑散としていた。行きとは違い、ゆっくりとした足取りで進んで行く。アニエスは初めて通る下町の道を、物珍しそうな目で見る。世話になっていた宿屋は裏手にあり、職人系の店が並ぶこちら側の商店街には来たことがなかったのだ。

ふと、一軒の店が気に留まる。

「あら、あのお店は？」

アニエスが見ていたのは、三階建ての細長い建物で、皆、本を持って出て来ていた。王都に書店は一軒しかないと言われていたので、首を傾げる。

「あれは貸本屋だ」

「貸本、ですか」

「ああ。貴族とは違って、庶民からしたら本は贅沢品なんだ。だから、皆ああやって借りて読むんだよ」

「そうなのですね」

貸本屋は会員登録をして、一定期間に本を貸し出す代わりに、賃貸料を取って商売をする店である。気軽に書籍を買えない庶民の間で流行っており、人気の本は予約だけで半年待たなければならない物もあると言われていた。

ベルナールも従騎士時代、暇潰しに本を借りに通っていた。

仕事が忙しくなると、休日は疲れて家で過ごすことが多くなっていたので、貸本屋へやって来たのは数年ぶりだと話す。

「覗いて行くか？」

「いいのでしょうか？」

「大丈夫だろう。貴族や記者はこんなところに出入りしないだろうからな」

「でしたら、見てみたいです」

ベルナールは扉を開き、中に入るように手で示した。

「ありがとうございます」

アニエスは初めての店に、緊張の面持ちで一歩踏み出した。

まず、店内を見て驚く。隙間なく置かれた本棚には、ぎっしりと本が詰まっている。

「まあ、こんなにたくさん本が――」

感想を言いかけて、咳き込むアニエス。

「埃っぽいからハンカチか何かを口に当てておけ」

店内はあまり綺麗な状態に保たれていなかった。本自体も古く、色あせた物ばかり並んでいる。

店内の陳列は数年前と変わっていなかった。ベルナールは戦記物の本棚へと歩いて行く。

少年時代に読んでいた作品の続きが出ていたので、二冊借りることにした。

「お前はどうする？」

「わたくし、ですか？」

「代金は一冊銅貨一枚くらい、だったような気がする」

「お安いですね」

新品で本を買えば安くても銅貨十枚ほど。貸本屋は十分の一の価格で借りることができるのだ。

「読みたい本があれば借りるといい」

「ですが、返却ができないので……」

「通勤の帰りにでも返すから気にするな」

遠慮はしなくてもいいと言うので、アニエスはお言葉に甘えることにした。

アニエスは熊騎士の冒険シリーズを再読しようと思い、目を凝らしながら、冒険小説が並ぶ本棚を探す。その様子を見たベルナールが指摘した。

「おい」

「はい？」

「眼鏡使えよ」

「あ、そうでした」

アニエスは鞄の中から眼鏡を取り出し、かけてみる。

「これは――！」

眼鏡の向こう側は、驚きの世界であった。

ぼやけていた視界が鮮明になって目に力を入れずとも、はっきりと見ることができる。

ベルナールを見れば、心配そうな顔で覗き込んでいた。今まではすぐ近くに接近しないと表情なんてわからなかった。相手の感情は声色で察するしかなく、上手く読み取れずに失敗してしまうこともあった。これからは、多少は空気も読めるようになるのではと考える。

「どうだ？」

「よく、見えます。とても、素晴らしい物です」

そう答えれば、安堵するような表情を浮かべるベルナール。

彼は表情が豊かな人だったのかと、今更ながらだが、気付けて嬉しくなる。感極まったアニエスは、眦（まなじり）に浮かんでいたものを、そっと拭った。

視界がはっきりしたところで、本探しを再開させる。

「――まあ」

「どうした？」

「こ、こんなに、続刊が！」

珍しく大きな声を出し、嬉しそうな様子で本棚を見上げていた。

彼女が大好きな熊騎士の冒険シリーズの未読本がずらりと並んでいたのだ。

「知らなかったのか？」

「はい！　中央街の書店には行ったことがなくて……。本は家庭教師が用意した物しか読んだことがないのです」

修道女(シスター)から借りた本はすべて寄付された本で、全巻揃っているわけではなかった。

アニエスが読んだ熊騎士シリーズは七冊。貸本屋には、全部で二十冊置いてあった。

「えっと、どうしましょう」

「貸出期間は一週間。一回で借りられるのは十冊までだが」

「では、三冊だけ」

アニエスは本棚に手を伸ばしたが、あと少しのところで届かなかった。

踵を上げて取ろうとすれば、ベルナールが取ってくれる。

「八巻からの三冊でいいのか？」

「はい、ありがとうございます」

アニエスは頭を深々と下げ、本を受け取ろうとしたが、ベルナールは本を持ったまま「行くぞ」と言って、受付へ向かう。

ベルナールはすでに会員登録をしてあるので、一緒に借りると言う。結局、賃貸料もまとめて払っていた。アニエスは銅貨を三枚差し出したが、受け取らない。

「出世払いにしといてやる」

「そんな……」

「いいから、そういうことにしておけ」

「あ、ありがとうございます。お仕事、頑張ります」

眼鏡代もベルナールに立て替えてもらったので、アニエスは申しわけなさで胸が張り裂けそうになっていただが、頑張って働く他はないと気合を入れる。

貸本屋を出れば、昼を知らせる時計塔の鐘が鳴り響く。

ベルナールは借りた本五冊、小脇に抱えながら歩いて行く。アニエスもすぐ後ろに続いていた。

貴族達も演劇の鑑賞中だからか、道を歩く姿はほとんど見られない。

中央街の円形地帯(ロータリー)の路肩には、来た時にはなかった露店が並んでいた。

売っている品はお菓子や花など、ちょっとした手土産にできる物だった。

マドレーヌに厚焼きガレット、林檎のパイにクルミとチョコレートのケーキ、メレンゲ焼きに、香辛料たっぷりのクッキー。

手の込んだ物ではないが、庶民が好むような、お手頃な価格かつ素朴なお菓子ばかりだった。

「キャロルとセリアに土産を買っていくか」

「はい」

キャロルとセリアは試験前で、休日に街に遊びに行くことを禁じられていた。不満な顔をしていたので、土産を買うことにする。購入したのはマドレーヌ。双子の好物だ。

焼きたてを店から持って来たようで、受け取った袋はほんのりと温かい。

御者が待つ休憩所に行き、ドミニクに馬車の用意を頼む。

ベルナールとアニエスは、馬車乗り場にある木製長椅子(ベンチ)に座って待っていた。

本日は晴天。見事なお出かけ日和(びより)であったが、アニエスのことが露見したら大変なので、用事が済んだら帰宅をすることになる。

馬車を待つ間、空腹を覚えていたベルナールは、バターの香りを漂わせているマドレーヌを袋から取り出した。

生地は貝の型で焼かれ、手のひらと同じくらいの大きさがある。

買ったのはセットになっていた七つ。キャロルとセリアが家族で分けるとしたら、一個余ってしまうのだ。

「一個余れば喧嘩になるからな」

争いの種は未然になくさなければならない。ベルナールはそう言って半分に割り、片方をアニエスに差し出す。

「わたくしも、食べてもいいのでしょうか？」

「口止め料だ」

ベルナールはアニエスを共犯者になるように言いながら、一口でマドレーヌを食べる。

ふんわりとした生地は甘ったるく、渋い紅茶が欲しくなるような味わいであった。

「口の中の水分を全部持っていかれた」

報告を聞いてから、アニエスもマドレーヌを口にすれば、ベルナールの言葉の意味を理解することとなってしまった。

「マドレーヌはお茶の席以外で食べるお菓子ではない」

「わたくしも、そう思います」

意見が一致したところで、ドミニクの操る馬車がやって来た。

ベルナールは杖を掲げ、合図を出す。

二人は馬車に乗り込み、家路に就いた。

翌日。アニエスは新しいお仕着せを纏い、髪を三つ編みに編んで眼鏡をかけた。
全身鏡に映ったその姿は、なんともいえない感じがした。自然と頬が緩んでしまう。
まだ眼鏡は慣れなくて、見慣れない景色に頭が追いつかず、気分が悪くなることもある。だが、それ以上に、周囲が鮮明に見えるということは何よりも嬉しいことだった。

朝、ベルナールに眼鏡をかけた姿を見せるように言われていたので、ミエルに餌を与えたあとで食堂に向かった。

緊張の面持ちで中へと入る。朝の挨拶をして、頭を深々と下げた。

アニエスの姿を見たベルナールは、一瞬目を合わせて視線を逸らす。

しばしの沈黙。

アニエスはこれでも駄目だったのかと思い、肩を落とす。

その様子に気付いたベルナールは、斜め上を見た状態で感想を述べる。

「……いいんじゃ、ないか？」

「ありがとうございます」

アニエスは表情がパッと明るくなる。ベルナールは喜ぶ彼女に釘を刺した。

「だが、変装しているからと言って気を抜くなよ」

「はい、承知いたしました」

とりあえず、合格をもらってホッと一息。

アニエスは職場へ向かうベルナールを笑顔で見送った。

ベルナールは屋敷から徒歩十五分ほどの森の中にある停留所から馬車に乗り込み、窓際の席に座った。ぼんやりと窓の外の景色を眺めながら、物思いに耽(ふけ)る。

思い浮かべるのは、先ほどのアニエスの姿。

彼女は店の中で一番時代錯誤な眼鏡を選んだ。これで変装は大丈夫だろうと、ベルナールも思った。眼鏡をかけ、髪をおさげの三つ編みにして、老婆が着るようなお仕着せを纏えば地味な使用人に仕上がると、そんな風に考えていた。

なのに、そんな状態となってもアニエスは可愛かった。

一目見て、これでは駄目だと思ったが、しゅんと落ち込む様子を見て、正直な感想は口から出る前に呑み込んだ。

代わりに「いいんじゃないか」と評したあとで、何を言っているのだと、自らの発言に驚いてしまった。

食後、改めてアニエスを見る。手押し車に机の上の食器を載せている最中であった。

眼鏡におさげの三つ編み、時代遅れのお仕着せは、冴えない使用人に見える。

先ほど可愛く見えたのは見間違えで、やっぱり変装作戦は成功していたのではと思う。

けれど、ふとした瞬間に目が合って彼女が控えめに微笑めば、その考えも取り消されることになった。

アニエス・レーヴェルジュは、至極可憐な女性であった。

それが故に、ベルナールは苦悩する。

可愛く見えたり見えなかったり。一体どうしてと考えたが、明確な理由は思い浮かばない。

良いと言ってしまった以上、あれ以上の変装を命じることはできなくなった。

だが、仮に髪の色を変えたり、短くしたりしても多分、アニエスの見た目は損(そこ)なわれることはないだろうと、ベルナールは諦める。

彼が惹かれているのは、彼女の外見の美しさではない。内なるものから感じる何かであったが、残念なことにその事実には気付いていなかった。

生まれ育った故郷を飛び出し、騎士となって早八年がすぎていた。

長年男所帯で過ごし、色恋沙汰(ざた)とは無縁だったベルナールには、異性に対する情緒という物が欠けていたのだ。

突然生まれた感情に戸惑い、理解できず、受け入れられないでいる。
いくら考えてもわからないので、ベルナールは即座に腹を括った。
自分がアニエスを守りきれば、何も問題はないと。
考えがまとまれば、モヤモヤとした気分も晴れた。
今日も一日頑張るかと、気合を入れて職場へ向かう。
――彼が恋を自覚するのは、もう少しだけ先の話だった。

Lady of
temporary
living

Diary of Jijill

書き下ろし短編

ジジルの日記帳

NEWLY WRITTEN SHORT STORY

Frimaire.3 (霜月)

今年も社交の季節となる。

王宮より宮廷舞踏会の招待状が旦那様宛に届いた。

夜、帰宅をした旦那様に持って行けば、興味がなさそうな様子でその辺に置いておくようにと視線で示される。衣装など準備はいかがなさいますかと聞いても、今年もその日は仕事が入っているとのこと。またかと、肩を落とす。

旦那様は宮廷舞踏会の参加――つまり将来の伴侶探しに積極的ではない。

もうそろそろ身を固めてもいいのではと進言しても、仕事が忙しいからと理由を付けて真剣に向き合おうとしないのだ。

宮廷舞踏会への招待状が届くようになった三年目から、このような態度でいる。

いったいどうして？

そんな思いに駆られるが、私は一介の使用人。追及など許されるわけもなく――

それよりも、必死になって昇格しようとしているところが気になる。

二十歳という若さで副長職に就けたのは素晴らしいことだが、なんだか誰かを見返したいような、そんな感じが垣間(かいま)見えるのは気のせいだろうか？

それに、疲れている後ろ姿を見るのも辛い。

こういう時に、可愛らしい奥様がいて癒してくれたら――などと思ってしまうのだ。

旦那様は、まあお金は持っていない。口も、若干悪い。だけれど、根は優しく、正義感に溢(あふ)れる好青年だ。顔も男前ではないけれど、愛嬌があって可愛い。

おっとりとした包容力のある女性がお似合かな？　……なんて、こっそり考えるだけなので許して欲しい。

けれど、現実問題としてなんとかならないものかと思ってしまう。いっそのこと、私が社交場に行って探すとか。

そういう計画があると家族に話せば、次男のアレンに余計なことはしなくてもいいと止められる。大変なお節介らしい。


外は曇天。肌を刺すような冷たい風が吹き荒れる。

それはまるで、旦那様の現状を示すかのよう。

春は——まだ来ない。

Frimaire（霜月）*.27*

社交期となった王都は、地方から来た貴族達で溢れ、どこに行くにも人混みだらけてくたびれ果てる。

どこもかしこも浮かれた雰囲気になっているのに、うちの旦那様は通常営業。

少しくらい、浮かれたらいいのに。

昨晩は宮廷舞踏会だったが、夜通しの警備がしんどかったという感想しか聞けなかった。

綺麗な女性はいなかったかと訊ねれば、急に不機嫌な顔になり、うるさいと怒られる。

あらいやだ、まだ反抗期なのかしら？

Nivse.4（雪月）

今年も何もないまま社交期が終わるのか。庭の散りゆく枯れ葉を眺めながらそう思っていたが、信じられないほどの奇跡が舞い降りてくる。

夕刻、旦那様に呼ばれ外に出てみれば、なんとまあ、女性を連れて来ているではありませんか！

私に隠れて女性とお付き合いしていたとは。なかなかやるなと、旦那様の隠れた才能に深く感動。

背後にいた女性は、驚くほどの美人。恰好は町娘に見えるが、雰囲気はどこぞのお嬢様のように感じる。

体の寸法に合っていない薄い服装だからか、微かに震えていた。

早く家の中に案内をしなければ。

とりあえず、旦那様に素敵なお嬢様を紹介して欲しいと頼んだ。

すると、想定外の名が告げられ、言葉を失う。

その名前はアニエス・レーヴェルジュ。

彼女はつい最近不祥事で没落した貴族の家のお嬢様で——さらに、旦那様はとんでもない事実が明らかにする。

アニエスさんはお嫁さんにするために連れて来たのではなく、使用人として雇い入れると。

いったいなんてことを。

どういう経緯があったかは知らないけれど、貴族のお嬢様に労働なんて務めるわけがない。

きっと、旦那様は困っている彼女を見捨てることができなくて、連れて来たのだろう。

相手がどんな問題を抱えていようとも、優しくできる姿に心が温かくなる。

けれど、使用人にするために連れてくるなんて……。

どうやらアニエスさんは住み込みで働くことになるらしい。これは大きなチャンス。

同居をすることによって深まる仲、というものもあるだろう。

もしかしたら、旦那様も照れているだけかもしれないし。


なんとか二人を結婚までこぎつけようと、決意を固める。


頑張れ、私。

それ以上に頑張れ、旦那様。

Nivse.5(雪月)

アニエスさんはとても素晴らしい女性だった。

たぐいまれなる美貌を持っているにもかかわらず、控えめでおおらかな性格をしている。

こちらが用意した食事にも、文句を言うどころか、美味しいと言って微笑んでいたのだ。

一応、仕事についても軽く説明をした。

下働きについては、滞在していた宿と孤児院を訪問していた時にいろいろと行っていたらしい。

まだ完璧ではないと言っていたが、ほどほどに頑張ってもらえたらなと考えていた。

仕事着は長女アンナが着ていた物を用意した。身長が同じくらいだったので、なんとか着られたけれど、ところどころ寸法が合っていないような気がする。

腰回りとか、肩とか、布が余っている模様。

アンナにはとても言えないけれど。

旦那様が帰って来たら、新しいお仕着せを注文するようお願いをしなければならない。

夜、アニエスさんに旦那様が帰って来る時間を告げれば、嬉しそうに玄関で出迎えたいと。


これは、もしかして、アニエスさんってば……。


いやいや、いやいやと首を横に振る。

元伯爵家の美しいご令嬢が旦那様に惚れているなんて、ありえない、よね？

Niuse.5（雪月）

昨晩は大変な目に遭った。

嵐のような雨が吹き荒れ、屋根を破壊してくれたのだ。

アンナの自慢だった屋根裏部屋は水浸し。せっかく綺麗に整えたのに、見るも無残な状態になっちゃって。

アニエスさんも、大変な事態に襲われる。

昨日の雨を被ったせいで、風邪を引いてしまったのだ。

知り合いの女医を呼び、診てもらう。安静にしていれば、すぐに完治するとのこと。

誰よりもびしょ濡れになっていた旦那様は、平然としていて普通に出勤していった。

頼もしい限りである。

さすが、『熊のように強か（ベルナール）』だと、家族一同感心の一言だった。

アニエスさんの看病をしていたら、幼い頃病弱だったキャロルとセリアのことを思い出してしまった。あの二人、どうしてか風邪を引くのも同時だったのだ。
今ではすっかり健康になり、元気すぎるくらいだ。
アニエスさんも早く治るようにと、切に願う。

Niuse.6（雪月）
屋根が壊れた一件のせいで、お仕着せの発注について言いにくくなる。
旦那様は今日も大きな額の請求書に目をとおし、盛大に溜息を吐いていた。
お気の毒にとしか言いようがない。
アニエスさんの合っていない服も気になる。本人は大丈夫と言っていたけれど……
それにしても、美人は何を着ても魅力が損なわれることはないのだなと。
アニエスさん、恐ろしい子。

Niuse.8（雪月）
アニエスさんの完治は意外にも早かった。若いって素晴らしい。
律儀にも、改めて旦那様にお礼を言いたいと申し出ていた。
エリックに伝え、時間を作ってもらう。

旦那様が帰宅をしてすぐに、アニエスさんは呼び出された。

数十分後、帰って来た彼女の表情はどことなく沈んでいる。

どうしたのかと聞いたら、旦那様はアニエスさんを雇うことについて迷っているようだと話す。

それはまあ、仕方がないことで……。

レーヴェルジュ家は国王の反感を買ってしまった。その娘を雇っていると知られたら、旦那様の立場も危うくなる。

アニエスさんは「迷惑がかかるので、他を当たります」と悲しそうな笑顔で話す。

でも、旦那様はきっと、彼女を見放すなんてことはしないだろう。

だけれど、抱えている物が大きすぎるので、大丈夫だとか、心配はいらないとか、無責任な言葉はかけられない。


早く二人の問題が解決すればいいなと、陰から見守っていた。

Nivse.9（雪月）

旦那様が突然猫を拾ってきた。雨の中、見捨てることができなかったらしい。

なんてベタな展開だろうか。

ボロボロ状態の猫だったが、乳離れをしているくらいまでには育っていたので、なんとかなりそう。明日、獣医に診てもらえば、さほど心配はないだろう。

そして、驚きの命令が下る。アニエスさんに、子猫の世話を任せると言うのだ。

それは、この先も彼女を雇い続けるということを暗(あん)に告げている。

さっそく報告に行けば、アニエスさんは涙をポロポロ流しながら喜んでいる姿を目にした。

きっと、今まで辛い目に遭っていたに違いない。

ここで旦那様の優しさに触れ、心を癒してくれたら嬉しいなと願って止まなかった。

Niuse. 10（雪月）

洗濯物を干していたら、アニエスさんのワンピースの胸ボタンが弾け飛ぶ。

いったいどうしてと思えば、驚きの事実が発覚。

アニエスさんはとてもご立派な胸をお持ちだったのだ。

絶世の美女で、性格が良くて、スタイルがいいとか……！

神様は彼女に祝福を与えすぎだと思った。

だがしかし、神はアニエスさんに自信は与えなかったようで、大きな胸を恥ずかしいと言っていた。

大丈夫、社交界では、すらりとした体型の女性が美しいとされているらしい。なんてことなのだろうか。

皆が皆、男性は大きな胸が好きだから――そんな慰めの言葉を口にしようとしたが止めておいた。

そういうわけでもないだろうから。

それにしても、大雨の一件で新しいお仕着せを頼むことを遠慮していたが、そういうわけにもいかない状況になってしまった。最近、成長期のキャロルとセリアもスカートの丈が短くなっているような気がする。旦那様に検討してもらわなくては。

Nivse.16（雪月）

朝、庭先で旦那様とアニエスさんが会話をしているのを見かける。
案外良い雰囲気で、お似合いの二人に見えた。
ふいに旦那様がアニエスさんの手首を掴む。
真っ赤になるアニエスさんに、それに気付いた旦那様も同様に赤面していた。
これはもしかして、互いに脈ありなのでは？
だがしかし、これ以上の接触は許されない。私は二人の間に割って入る。
アニエスさんには仕事を任せ、旦那様には忠告をしておいた。
もしも次に手を出せば、責任を取ってもらうと。
その方が話は早いと思ったが、これをきっかけに意識してもらえたらと期待。
それよりも、大変な問題があった。
旦那様の母君――オセアンヌ様が王都にいらっしゃると言うのだ。
目的は旦那様の伴侶探し。
昇格し、新しい職場に異動したばかりで、結婚する余裕はまだないと旦那様は言う。
それもそうだろうと思った。だがしかし、大奥様の進撃は止められない。
そんな旦那様に、私はある提案をする。
アニエスさんに、婚約者役を頼んだらどうかと。

Nivse.17（雪月）

私の提案に驚きと戸惑いを覚えていた旦那様だったけれど、結局アニエスさんに婚約者役を頼んだらしい。自分の発言がきっかけだったので、アニエスさんに迷惑ではなかったかと聞いてみる。

彼女はそんなことはないと首を横に振っていた。

どうしてそこまでしてくれるのか。そんな疑問を口にすれば、アニエスさんは旦那様への想いを教えてくれた。

なんとまあ、二人は五年も前から顔見知りだったのだ。

しかも、これまでの言動を見ると、アニエスさんは旦那様に惚れ込んでいるように思えた。

直接本人の口から聞いたわけではないけれど、間違いないだろう。


旦那様とアニエスさん。なかなか、お似合いのように思える。考えていたら、顔がにやついてしまった——が、我に返って頬を打ち、気分と共に表情を引き締める。

この奇跡のような縁を、焦って台無しにしてはいけない。

ゆっくりと、二人の仲が深まればいい。


結婚という二文字に、希望が見え始めていた。

Nivse.25（雪月）

ついに大奥様がやって来た。屋敷の中は緊張感に包まれている。

一番顔が強張っているのは、旦那様だったけれど。

演技が上手いとは思えないお二方。大丈夫かなと心配したけれど、杞憂（きゆう）に終わった。

アニエスさんは演技ではなく、本当に旦那様を慕っていると思うので、大奥様の質問にも自然な様子で答えていたのだ。
一方で、旦那様は終始動揺して、残念なご様子だった。

Nivse.28（雪月）
大奥様はアニエスさんを気に入ったようだった。慎重なお方なので、意外に思う。
婚礼衣装も作ると言い出した時には、話が早すぎるとさすがの私も焦った。
結婚を勧めることは大切なだけれど、あまり急だと旦那様の心の余裕がなくなってしまう。

今回の作戦を考えたのは私だったので、深く反省した。

Pluvise.12（雨月）
それから平和な日々が続いていた。
アニエスさんと旦那様の関係は大きく前進したようには見えない。
だけれど、少しずつ心が溶け合っているような気がしなくもなかった。

たまにお節介をしたくなるほどもどかしい時もある。
いいから結婚しなさいよと、大きな声で叫びたくなる日もあった。
けれど、それもぐっと我慢する。

雪が解けて春になるように、旦那様にも暖かな季節がやってくればいいなと、心から願っていた。

特別短編
『悪辣執事のなげやり人生』
コラボ作品

大劇場にて

Les chiens aboient, la caravane passe
犬は吠えるがキャラバンは進む

ベルナールは机の上にある二枚のチケットを前に、苦悶の表情を浮かべている。

紙面にはわかりやすく、このように印刷がされていた。

【騎士団 慈善興業 招待券】
演目：『悪辣執事のなげやり人生』
劇団・翼
上演時間：二時間半

「招待券」とあるが、役職に就く隊員は強制的に買わされている物だ。

そのうえ、会場が賑わっていると見せかけるため、絶対に観なければならない。

正式な社交場なので、同伴者は必須。一人で行くことなど許されていない。

ベルナールは、誰を誘えばいいものかと、悩んでいた。


困った時はジジルに聞くに限る。そう思って呼び出したが――。

「そんなの、旦那様と仲の良い女性を誘えばいいだけですよ」

残念ながら、問題解決に繋がる答えは聞けなかった。眉間の皺はいっそう深くなる。

そんなベルナールを前にしたジジルはチケットを覗き込み、笑顔を浮かべる。

「良かったですね。この劇団、最近都で人気を博していて、チケットが取れないって有名なんです。誘われた女性はきっと、大喜びしますよ」

けれども、誘えるような親しい女性はいなかった。

——このままではいけない。

そう思い、意を決し悩みを口にする。

「誘うような女の知り合いはいない」

「あら、左様でございましたか。それは困りましたね」

実にあっさりとした反応であった。

ジジルはベルナールに、いい考えがあると提案をする。

「それはですね——」

にっこりと微笑みながら、ベルナールの様子を窺うジジル。

「もったいぶらずに早く言え」

「簡単なことですよ。アニエスさんを誘えばいいだけのことです」

「はあ⁉」

アニエスを誘う——それについてはベルナールも考えた。

だが、慈善興業が開催される劇場は当日、騎士団関係者でいっぱいになる。そんな場所に、アニエスを連れて行くわけにはいかないという答えに至っていたのだ。

「大丈夫ですよ。変装すれば案外バレません」

「また変装か。あいつの見た目は誤魔化せないだろうよ」

「そんなことないですよ。鬘を被って化粧を変えれば、別人になれます」

疑いの目を向けるベルナール。

一方で、「任せてくれ」と、胸を打つジジル。

納得しない主人に、彼女は止め(とど)の一言を放つ。

「今までの人生の中で、私が旦那様へ言ったことに間違いはありましたか?」

「それは――なかった」

ジジルの言葉は大変説得力があり、ベルナールは今回の案を採用するほかなかった。

おまけとして、不器用な主人にデートの誘い方の助言する。

「婚約者役をしてくれたアニエスさんへのお礼とでも言って誘えばいいですよ」

「……わかった」

ありがとうと素直に礼を言うベルナール。

そんな主人を微笑ましく思いながら、ジジルは心の中で応援していた。


そうと決まれば、アニエスを誘わなければならない。

悩んでいた期間が長く、慈善興業は明後日と迫っていた。

さっそく、ジジルにアニエスを部屋に呼ぶように頼んだ。

数分後、ベルナールの呼び出しに応え、アニエスが神妙な面持ちでやって来る。

「そう構えるな。悪い話ではない」

「さ、左様でございましたか」

久しぶりに呼び出されたので、アニエスは良くない話だと思ったのだと言う。

「それで用件だが――」

さっそく、言葉に詰まるベルナール。女性を外出に誘うのは人生で初めてであった。

小首を傾げるアニエスと目が合い、どうしてか気まずく思ってじんわりと額に汗を浮かべる。

このままでは埒が明かないので、婚約者役をしてくれたお礼を言うついでに誘おうと、頭の中で作戦を組み立て、実行に移す。

「この前は、婚約者の役をしてもらい、大変助かった。その、感謝をする」

「お役に立てたのなら、嬉しく思います」

いきなり話が完結してしまいそうだったので、慌てて付け加えた。

「それで、お礼をと思い――」

言葉が続かず、劇のチケットをテーブルの上に置いて、アニエスに差し出した。

「こちらは、わたくしに？」

「ああ、そうだ。明後日の夜、連れて行ってやる」

アニエスは驚いた表情でお礼を言い、チケットを手に取る。

偶然にも、演目を知っていたようで、嬉しそうにしていた。

「以前、修道女（シスター）に貸していただいて、読みました」

「どんな話なんだ？」

「えっと、強かな貴族出身の女性が、執事をする恋愛物語です」

「なるほどな」

ベルナールは当日、眠くならなければいいがと、今から心配になる。

一方で、アニエスは目を輝かせ、期待しているようだった。


とりあえず、同伴者が確保できたので、ホッとひと安心するベルナールであった。

興業日当日。

アニエスはジジルの手によって、変装を施されていた。

それを見たベルナールは、瞠目(どうもく)することになる。

アニエスは茶色い鬘を被り、肌は健康的な色合いの白粉(おしろい)を塗って、鼻の周りにはそばかすが描いてある。普段の白磁のような白い肌に輝く金髪という、アニエスを象徴する物は欠片もない。

それだけで、印象は大きく変わっていた。

つばの広い帽子を被れば、目元は隠れ、覗き込まなければ顔は見えない。

完璧な変装だった。

「驚いた、別人だ」

ジジルはどうだとばかりに胸を張りつつ、時間が迫っているので出かけるよう促した。


ドミニクの操る馬車で街まで移動し、渋滞していたので途中で降りる。

劇場の周辺は大変な混雑していた。雪まつりのことを思い出し、ベルナールは注意する。

「おい、逸(はぐ)れるなよ」

「は、はい」

そう返事をしたばかりだったが、アニエスは人の波にさらわれてしまう。

ベルナールは慌てて助けに行くことになった。

「お前は、言ったそばから！」

「申しわけありませんでした」

二度と逸れないように、腕に捕まっておくようにと言うベルナール。アニエスは言葉に従い、身を寄せた状態で移動することになる。

やっとのことで劇場まで辿り着いた。

エントランスも大変な賑わいを見せている。

ベルナールとアニエスを気にする人は、どこにもいなかった。受付でチケットを渡し、指定されている席に腰かける。

「やっとここまで来られた」

「ええ」

二人して、安堵の息を吐き出す。席は一階の真ん中。舞台がほどよく見える席である。

アニエスは胸に手を当て、周囲を見渡しながら呟く。

「すごいですね、三階席まであります。劇場って、広いのですね」

「もしかして、初めてなのか？」

「はい」

貴婦人の嗜みである劇場鑑賞や、演奏会への参加は禁じられていたと言う。

「箱入り娘だったんだな」

「父が、厳しかったので……母が亡くなってからは特に」

今まで楽しそうにしていたのに、家族の話になった途端、目を伏せ、表情を暗くするアニエス。

ベルナールは、そんな彼女を励まそうと、ある提案をする。

「また今度、どこかに連れて行ってやるよ」

「ほ、本当ですか？」

「嘘を言ってどうする」

「ありがとうございます」

アニエスは花が綻ぶような笑顔を見せる。

再び表情が明るくなったので、安堵するベルナールであった。

そして、辺りは暗くなり、演目が始まる合図である鐘が鳴り響く。

アニエスは眼鏡をかけ、しっかりと観劇に備えていた。


劇団・翼による、演目『悪辣執事のなげやり人生』の上演開始。


物語は、元令嬢のアルベルタが、伯爵家の大奥様に呼び出され、執事をするように頼まれるシーンから始まる。

とある理由で労働者階級となったアルベルタは、長年の貧しい生活ですっかりやさぐれ、酷くなげやりになっていた。

そんな状態であったが、美貌の伯爵や、腹黒い大奥様、ツンデレな令嬢を相手に、時に飄々と、時に悪辣な態度で接し、のらりくらりと執事業をこなしていく。

恋に仕事にと、奮闘する女性の物語である。

アニエスは真剣な面持ちで劇を見ている。

その横顔を見ながら、ベルナールは連れて来て良かったなと思った。


終演後、正体がバレてはいけないので、ベルナールとアニエスはそそくさと会場をあとにする。

帰りの馬車の中で、やっと一息吐くことができた。

ベルナールは、アニエスに感想を聞いてみる。

「どうだったか？」

「とても面白かったです」

「そうか」

アニエスは働く貴族女性の姿を見て、勇気をもらったと話す。

「わたくしも、今まで以上にお仕事を頑張りたいなと思いました」

「ま、ほどほどにな」

そんなことを話しながら、馬車は家路につく。

二人にとって、充実した一日であった。

あとがき

初めましてこんにちは、江本マシメサと申します。

この度は『借り暮らしのご令嬢』をお手に取っていただきまして、まことにありがとうございました。

今年の八月でデビュー二年目、今作が二作目となります。どうぞお手柔らかにお願いいたします。


さてさて、前作に引き続き、今作も男性主人公の恋愛物を本にしていただきました。

年若い青年が慣れない女の子を前に、右往左往する様子を書くのは大変楽しかったです。


主人公ベルナールの名の意味は、『熊のように強い男』。

こちら、ヨーロッパなどで大変メジャーなお名前となります。

ですので、おかしみのある名前というのは、この作品のみでの設定です。

ちなみに、ベルナールはフランス語読みで、ドイツ語読みではベルンハルト、英語読みではバーナード、イタリア語ではベルナルドなどなど、世界各国、様々な読み方がある熊男でした。


ヒロインのアニエスは、ごくごく一般的な貴族女性という設定です。

ですが、周囲の環境変化を受け入れる高い能力があるのかもしれません。

個性のない、普通の性格の女の子を、いかにして魅力的に書くかを課題にしたキャラクターでもあります。

皆様の眼に、アニエスが可愛く映っていれば、大変嬉しく思います。


そして今回、『悪辣執事のなげやり人生』（アルファポリス・レジーナブックス）のコラボ小説を掲載していただく運びとなりました。

こちらは、十九世紀後半の英国をモデルにした、色っぽい女執事が主人公の物語となります。

大人のこじれた恋愛を書かせていただきました。

十月下旬に発売予定となりますので、お手に取っていただけましたら嬉しく思います。


話は変わりまして、前作『北欧貴族と猛禽妻の雪国狩り暮らし』最終巻の校了を迎えたあと、「次回作はゆっくり間を置いて、十月発売にしましょう」と担当編集様より御通達がありました。

まだまだ期間はあるし、大丈夫だなと、数ヶ月前の私は余裕をかましておりました。

そのあと、アルファポリスの担当編集様より新作のオファーをいただきまして、締め切りまで何ヶ月もあるから問題ないと思い、お受けしたのですが――まったく大丈夫ではありませんでした。

九日間あった夏休みはどこにも行かず、原稿を書いて過ごしたものの、終わらない原稿。

作家人生で初めて、差し迫ったスケジュールに焦るという経験をいたしました。

ですが、周囲の皆さまの協力もあり、こうして本の形となりました。無事にお届けできたことを、大変嬉しく思います。

担当編集様におかれましては、前作に引き続きまして今作も大変お世話になりました。素敵な本を作っていただけたことを、大変光栄に、また嬉しく思っています。


そして、イラストを担当してくださったイラストレーター、ラパン様。

魅力的なキャラクターの数々を描いてくださり、イラストが仕上がる度に担当編集様ときゃっきゃと喜んでおりました。ありがとうございます！

イラストのベルナールは愛嬌があり、アニエスは美しく、また可憐に、そして、ミエルはもふもふ可愛いかったです！

中でも騎士服のデザインが素晴らしく恰好良くて、感動いたしました。

タイトルで隠れている手元などはカバーの折り返し部分で見ることができますので、是非とも帯の下のベルナールを見ていただけたらと思います。


最後に、作品をお手に取ってくださった読者様へ。

ここまで読んでいただき、嬉しく思います。

皆さまの支えがあって、デビュー二年目もこうして本を出すことができました。

今後も、ご期待に添える作品が作れるよう、努力を続けたいと思っています。

本当にありがとうございました。

これからもがんばります！

江本マシメサ

初めまして、ラパンと申します。

この度初めて挿絵のお仕事をさせて頂いたのですが、
編集部の方や周りの方々に大変助けられ、無事に完成させることができました。
描きながら、ベルナールとアニエスのやりとりにとてもニヤニヤしておりました…！

江本先生、これからも応援しています！

ラパン

〈参考サイト〉

「北鎌フランス語講座　ことわざ編」

http://proverbes.kitakama-france.com/

※本書は「小説家になろう」(http://syosetu.com/) に掲載されていたものを、改稿のうえ書籍化したものです。
この物語はフィクションです。
実在する人物、団体等とは一切関係ありません。

江本マシメサ
長崎県出身。
2012年9月より執筆を開始し、「小説家になろう」にて発表。
『北欧貴族と猛禽妻の雪国狩り暮らし』で第3回なろうコン大賞金賞を受賞し、デビュー。他の著書に『公爵様と仲良くなるだけの簡単なお仕事』(アルファポリス)。

イラスト **ラパン**
はじめまして、ラパンと申します。
最近、多肉植物を育て始めました。葉っぱの肉厚な部分をさわって癒やされています。

借り暮らしのご令嬢
(かりぐらしのごれいじょう)

2016年10月19日　第1刷発行

著者　江本マシメサ

発行人　蓮見清一
発行所　株式会社 宝島社
〒102-8388　東京都千代田区一番町25番地
電話:営業03(3234)4621/編集03(3239)0599
http://tkj.jp

印刷・製本　中央精版印刷株式会社

乱丁・落丁本はお取り替えいたします。

ISBN978-4-8002-6114-4

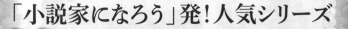